Baroness Emma Orczy

角落里的

老人 The Old Man
in the Corner

［英］奥希兹女男爵 著　吴奕俊 唐婷 译

人民文学出版社
PEOPLE'S LITERATURE PUBLISHING HOUSE

Baroness Emma Orczy
The Old Man in the Corner

图书在版编目(CIP)数据

角落里的老人/(英)奥希兹女男爵著;吴奕俊,
唐婷译.—北京:人民文学出版社,2017
ISBN 978-7-02-012781-8

Ⅰ.①角…　Ⅱ.①奥…②吴…③唐…　Ⅲ.①短篇小
说-小说集-英国-现代　Ⅳ.①I561.45

中国版本图书馆 CIP 数据核字(2017)第 099865 号

责任编辑　甘　慧　邱小群　刘佳俊
封面设计　汪佳诗

出版发行　人民文学出版社
社　　址　北京市朝内大街 166 号
邮政编码　100705
网　　址　http://www.rw-cn.com

印　　制　上海盛通时代印刷有限公司
经　　销　全国新华书店等

开　　本　890 毫米×1240 毫米　1/32
印　　张　7.5
字　　数　144 千字
版　　次　2018 年 1 月北京第 1 版
印　　次　2018 年 1 月第 1 次印刷

书　　号　978-7-02-012781-8
定　　价　38.00 元

如有印装质量问题,请与本社图书销售中心调换。电话:010-65233595

目录

芬彻奇街谜案

1

角落里的老人把玻璃杯推到了一旁，身体向桌边靠了靠。

"这些所谓的谜案！"他说，"要是调查时动了脑子的话，就绝对不存在谜案。"

波莉（同玛丽）·伯顿惊讶地从报纸后面望过去，她冷漠的深褐色眼睛盯着对面的那个人，眼神里充满疑问。

当老人慢吞吞地穿过店里，到她桌子的对面坐下时，她就对他有些反感。大理石的桌面上已经摆了她的大杯咖啡（三便士）、面包卷和黄油（两便士）以及一碟舌肉（六便士）。

这个大厅是知名的无酵母面包公司在诺福克街的分店。这个角落、这张桌子以及这个富丽堂皇的大理石大厅里的特殊景致都是属于波莉的。自从波莉加入《观察家晚报》（不好意思，我们是这样叫它的），成为这个天下知名、誉满世界的组织，也就是"英国新闻界"的一员时，从那让人永难忘怀的光荣时刻开始，她总在这儿享用价值十一便士的午餐，读一便士的日报。

她是个名人，是《观察家晚报》的伯顿小姐。她名片上印的是：

玛丽·杰·伯顿小姐

《观察家晚报》

她采访过爱伦·特里小姐、马达加斯加的主教西摩·希克斯先生，也采访过警察总监。最近一次在马尔伯勒府邸举办的花园聚会，她也去过衣帽间，也就是说，她在那儿看到过辛格密女士的帽子，那是顶随你怎么称呼的小姐的遮阳帽，还看到了其他各式各样新潮时髦的玩意儿。《观察家晚报》的晚报版对此进行了报道，而标题则恰如其分地取了"贵族与衣着"。

（这篇文章署名的是M.J.B，能在这家每份半便士的大报的档案里找到。）

因为这些理由以及其他一些原因，波莉对角落里的这个老人感到生气，同时双眼像所有的褐色眼睛一样，尽其所能地用眼神把这意思清楚地传达给他。

波莉刚才正在看《每日电讯报》的一篇文章，那篇文章非常有意思。她刚才对这篇文章发表的议论是不是被听到了？可以确定的是，那边的老人刚才说的话是对她的想法做的回应。

她看着老人，皱起了眉头，然后笑了。《观察家晚报》的波莉小姐是个很有幽默感的人，在英国新闻界的两年还没有把这份幽默感毁掉，何况老人的长相足够让人情不自禁产生最乖僻的幻想。波莉心想，她从来没有见过如此苍白、如此瘦弱的人，他颜色浅得可笑的头发被梳得柔光顺滑，盖住了头顶一块明显秃掉的地方。他不停地把弄手上的一根细绳，看起来既羞怯又紧张；他消瘦而颤抖的手指把那根细绳系上又解开，弄出了各种精巧和复杂程度不同的结。

仔细打量过这个怪异的老人之后，波莉变得友好了一些。

"可是，"她和气但不失权威地说，"这也算是份消息灵通的报纸，这篇文章告诉你，光是去年就有不下六件案子让警察完全摸不着头脑，而罪犯们却依然逍遥法外。"

"对不起，"老人轻声说，"我从来都没有说警方完全没有碰到谜案的意思，我只是说他们在调查罪案的时候没有动脑子。"

波莉讽刺地说："我觉得，他们在芬彻奇街谜案里也没动脑子吧。"

"最不可能成为谜案的，就是所谓的芬彻奇街谜案。"老人平静地回答道。

过去十二个月来，那个奇怪的被大家称为芬彻奇街谜案的案子，已经让所有人绞尽脑汁，百思不得其解。这件案子也让波莉十分困惑，她对这个案子非常感兴趣，沉迷其中，她研究了这个案子，建立了自己的假设并做了推论，反复进行了思考，甚至还曾经就这件事写过一两封信给报纸杂志，并提出了证据，而其他的业余侦探也同样胸有成竹地做了驳斥。因此，角落里这个看起来怯懦的人的态度让她特别恼火，于是她反唇相讥，一定要彻底打败眼前这个自鸣得意的家伙。

"这样的话，你不把你珍贵的想法提供给努力想破案却被误导的警方，那可真是遗憾。"

"难道不是吗？"他的回答倒是很幽默，"你知道，一方面我怀疑警方会不会接受我的看法；其次，要我积极参与调查大军，我的感情倾向和责任感几乎总是直接冲突。我往往会同情足够聪明狡猾、能把整个警方牵着鼻子走的罪犯。"

"我不知道你对这案子记得多少，"他平静地继续说，"最开始，连我也被这案子搞糊涂了。去年十二月十二日，一个虽然穿得很寒酸，但看起来绝对过过好日子的女人到苏格兰场报案，称她的丈夫威廉·克萧失踪了，这个人没有职业，显然也居无定所。当时有个朋友陪她去的，那是个胖乎乎的、看起来油腔滑调的德国人，他们两个人所叙述的事情让警方马上采取了行动。

"似乎是这样的，十二月十日那天，大约是下午三点钟，卡尔·穆勒，那个德国人，为了向他的朋友威廉·克萧讨一笔小小的债务，大约十英镑，去拜访了他。当他到达菲茨罗伊广场夏洛特街的贫民聚居区时，他发现威廉·克萧正处于极度兴奋的状态中，他的太太却在那儿哭。穆勒想告诉他自己来拜访的目的，但克萧大手一挥把他叫到一旁，然后——用他自己的话说——克萧对他说的话让他大吃一惊，因为克萧直截了当地要求再借两英镑。克萧声称这笔钱是工具，可以让他和愿意在困难中帮助他的朋友很快发财。

"克萧花了十五分钟做了个言辞含糊的解释，却发觉谨慎小心的德国佬不为所动，于是决定让德国佬加入他的秘密计划。克萧断言这个计划绝对会为他们赚来几千英镑。"

波莉不自觉地放下了报纸。这个温和的陌生人，这个神情紧张、眼睛羞怯水亮的人讲故事的方式很特别，波莉对他的兴趣越发浓厚了。

"我不知道，"他继续说，"你记不记得德国佬跟警方说的事？现在搞不好已经是寡妇的克萧太太当时也在旁边提供了很多细节。简单地说，情况是这样的：大约三十年前，克萧二十岁，是伦敦某家医学院的学生。他有个叫巴克的同室密友，还有另外一个人和他们同住。

"当时情况似乎是这样，这另外一个人有天晚上带回来一大笔钱，那是他赌马赢来的。第二天早上有人发现这个人遭到谋杀，死在了床上。幸好克萧有充分的不在场证明，他那天晚上在医院值班。但巴克失踪了。也就是说，对警察而言，巴克失踪了，可是对敏锐的克萧来说，却不是这么一回事，至少克萧是这么说的。巴克很聪明，设法逃到了国外，辗转几次后，他最终停在了东西伯利亚的符拉迪沃斯托克。他化名斯梅瑟斯特，做皮草生意，积累了可观的财富。

"现在，请注意，人人都知道斯梅瑟斯特这个西伯利亚的百万富翁，克萧说他以前叫巴克，三十年前还犯过一桩谋杀案。这未经证实，对吧？我只是把克萧在十二月十日那个重要的下午对他的德国朋友和太太说的话告诉你。

"据他说，斯梅瑟斯特在他狡猾的生涯里犯了个极大的错误，他曾经四次写信给他过去的朋友威廉·克萧。其中有两封信和这个案子无关，因为是二十五年前写的，而克萧也早就把它们丢了，这是他自己说的。不过，据他说，第一封信是斯梅瑟斯特，也就是真名叫巴克的那个人，因为花光了犯罪得来的钱，在纽约穷困潦倒时写的。

"克萧那时经济状况还不错，看在旧交情的分上，给他寄了一张十英镑的钞票。可以说是风水轮流转，到了第二封信，克萧的经济状况已经开始走下坡路，斯梅瑟斯特，巴克那时已经改成了这个名字，他在信里给这位老朋友寄了五十英镑；后来，据穆勒推测，克萧找了很多理由向斯梅瑟斯特日益鼓胀的荷包索要更多的钱，而且还加以威胁。不过这个百万富翁住在那么遥远的地方，这些威胁其实毫无意义。

"现在到了故事的高潮。克萧反复思考，犹豫了一阵，终于把他声称是斯梅瑟斯特所写的最后两封信交给了他的德国朋友。如果你还记得的话，这两封信在这个离奇的谜案中扮演了非常重要的角色。这两封信的复本我这儿都有。"角落里的老人说着，从一个破损得很厉害的皮夹里拿出一张纸，小心翼翼地展开，然后读了起来：

先生：

　　你对金钱的需索完全没有道理，我已经帮你够多的了。不过，看在往日交情的分上，也因为你曾经在我极度潦倒的时候帮过我，我愿意让你再次利用我的感恩之心。我这里有个跟我有生意往来的俄国商人朋友，他最近会乘他的游艇去欧亚的许多港口，还邀我和他一起去英国。我已经厌倦了在海外的生活，很想三十年后再次回来看看祖国，所以我决定接受他的邀请。我不知道我们到达欧洲的具体时间，但我保证我们一到合适的港口，就会马上写信给你，约好和你在伦敦见面。可你要注意，如果你要求得太离谱，我绝不会理你，记住，我是全世界最不可能向你持续不断、而且过分的要求屈服的人。

你忠实的朋友

弗朗西斯·斯梅瑟斯特

　　"第二封信的邮戳显示这信是从南安普顿寄的，"他继续平静地说，"奇怪的是，这是克萧自称由斯梅瑟斯特寄来、唯一还保存着信封和日期的信。信的内容很短。"他补充道，说着又继续去读那张纸条。

尊敬的先生，关于我数周前写的那封信，我想告诉你：查斯柯·西罗号将在下周二，也就是十日抵达提尔伯瑞港。我会在那里上岸，然后乘坐我能搭到的第一班火车去伦敦。如果你愿意，请在傍晚时分，到芬彻奇街车站的头等候车室里找我。我觉得，过了三十年，你可能不认得我的长相，我会穿厚重的阿斯特拉罕毛皮大衣，戴料子相同的帽子，你要是认出我就跟我打个招呼，我会亲耳听听你想说的话。

你忠实的朋友

弗朗西斯·斯梅瑟斯特

"这最后一封信让威廉·克萧激动万分，他太太也哭了出来。套用那个德国佬的话说，他像个野兽一样在房间里走来走去，手舞足蹈，还不时胡言乱语地发出惊叹。不过克萧太太对此忧心忡忡，她不信任这个从国外来的家伙。而且她丈夫还说这个人昧着良心犯过罪，那么他也可能会为了除掉危险的敌人，再次铤而走险。女人的思维嘛，她觉得这个计划并不光彩，她知道，在法律上，敲诈勒索会被重判。

"这次会面可能是个狡猾的陷阱，会觉得有些奇怪是肯定的，克萧太太争辩说，为什么斯梅瑟斯特不在第二天与克萧在旅馆见面？她的疑惑很多，让她焦虑不安，但那个德国胖子被克萧描绘的未来说动了心，无数的金子好像诱人地摆在眼前。他借给克萧两英镑，想让克萧整理一下自己，然后再去见那个百万富翁的朋友。半个小时以后，克萧离开了家，这是那个可怜的女人最后一次见到她丈夫；也是穆勒，那个德国人，最后一次见到他的朋友。

"那天晚上他太太一直焦急地等待着，可克萧并没有回来；第二天，她似乎整天都漫无目的地在芬彻奇街附近四处询问，但是徒劳无功；十二日那天她到苏格兰场报案，把她了解的细节全说了出来，还把斯梅瑟斯特写的两封信交给了警方。"

2

角落里的老人喝完了他杯子里的牛奶。他水蓝色的双眼看着波莉小姐着急的小脸蛋，脸上凝重的神色已烟消云散，取而代之的是显而易见的激动。

"一直到三十一日，"过了一会，他继续说，"两个船夫在一条废弃的船的底部发现了一具尸体，尸体已经腐烂得无法辨认。这条船停在一段黑暗的台阶之下，台阶上面是 间高大的仓库，下去就是伦敦东区的河水，由此可以通到伦敦东区的河流。我有一张这个地方的照片。"他说着从口袋里拿出一张照片，放在波莉面前。

"你看，我拍照的时候那条船已经被移走了，不过你可以看到这是一个绝好的杀人地点，让罪犯能从容地将目标割喉而不用担心被发现。我已经说了，那具尸体腐烂得无法辨认。在那里可能放了有十一天，但是有很多东西还是可以辨认的，比如银戒指和领带夹，克萧太太辨认出那些东西是属于她丈夫的。

"她当然公开指认斯梅瑟斯特就是凶手，警方也对此颇为肯定，因此在船里发现尸体的两天后，这位西伯利亚的百万富翁（喜欢创新的采访记者都这样叫他）在塞西尔酒店的豪华套房里被捕。

"坦白地说，至此我没有一点儿感到困惑的地方。克萧太太的故事与斯梅瑟斯特的信后来都登了报，而我用我的老办法，请注意，我只是业余的水平，纯粹出于兴趣才去推敲案子的原因，警方已经宣称这是斯梅瑟斯特犯下的案子，我想找出他的作案动机。大家都认为他确实想要有效地除掉危险的勒索者。那么！你有没有想过这个动机其实非常没有说服力？"

波莉小姐不得不承认，她从来没这么想过。

"当然，一个靠一己之力累积了巨额财富的人，肯定不会这么蠢，不会害怕克萧那种人。他一定知道克萧手上没有对他不利的罪证，至少不足以让他被判绞刑。你见过斯梅瑟斯特吗？"老人补充道，又在他的皮夹里摸索。

波莉说她在图片报上看到过斯梅瑟斯特的照片，老人把一张小照片放在波莉面前，继续说：

"这张脸给你的印象最深的是什么？"

"嗯，我觉得是脸上又诧异又惊讶的表情，因为眉毛全没了，还有那可笑的外国发型。"

"发型太贴着头皮，几乎像是被剃过的一样。就是那样！我那天早上跟着人群去法院，第一眼看到被告席上的那个百万富翁时，这是他让我印象最深的特点。他很高，看起来像一个当兵的，站得挺直，脸晒出了古铜色。他没留唇须，也没有胡子，头发剪得几乎露出头皮，像个法国人；当然最特别的是他的眉毛，甚至睫毛都没了，让他的脸看起来非常奇怪。就像你说的，总是有种表情惊讶的感觉。

"然而，他似乎很镇定。坐在被告席上的椅子里，很有百万富翁的范儿，在传唤几个证人的间隙，他一直都开心地跟他的律师亚瑟·英格伍德爵士谈话。这些证人接受询问的时候，他就用手遮着头，安静地坐着。

"穆勒和克萧太太把他们已经告诉警方的事又复述了一遍。我记得你说过，因为工作压力的关系，你那天没能到法院听审，所以也许你对克萧太太没有印象。没有吧？嗯，好！我抓拍了她的一张照片。这就是她，她就站在证人席上，很讲究地穿了一件精致的黑纱，戴着一顶原来镶有粉红色玫瑰花的软帽，残余的粉红色玫瑰花瓣还粘在上面，在深黑的颜色中显得很扎眼。

"她不愿意看嫌疑犯，决绝地把头扭向法官。我猜她一定很爱她那个好吃懒做的丈夫。她手指上戴了一枚巨大的结婚戒指，戒指也包在黑色中。她坚信被告席上的那个人就是杀死克萧的人，而且她在他面前有些刻意展示她的悲伤。

"我为她感到难以形容的难过。至于穆勒，他不过是个肥胖、滑头、爱吹牛的人，觉得自己当证人是件不得了的事。他戴满了铜戒指的胖手抓着那两封涉案的信，他已经辨认过这些信的真伪了。这些信仿佛就是他的护照，带领他走向骄傲自满却又声名狼藉的乐土。我想亚瑟·英格伍德爵士让他失望了，因为他说对这个证人他没有要问的问题。穆勒本来有一堆无懈可击、细节丰富的控诉性的说辞来针对那个自负的百万富翁，说他是如何布下圈套诱走他亲爱的朋友克萧，又是如何将克萧杀害于伦敦东区一个天知道是在哪儿的角落里。

"然而，之后的事情就变得非常戏剧性了。穆勒从证人席上退了下来，带着早已彻底崩溃的克萧太太从法庭离开了。

"编号为 D21 的警员正在为逮捕时的情形作证。他说，嫌疑犯似乎大吃了一惊，完全不知道为什么会被指控，也不知道发生了什么。不过，当警察向他讲完整件事以后，他意识到抵抗是徒劳无益的，于是就乖乖地随警员坐进车里。塞西尔这家熙熙攘攘的高档酒店甚至都没有人察觉到发生了不寻常的事。

"然后，不出我所料，旁听席上发出了唏嘘声。好戏才刚刚上演，芬彻奇街火车站的一个搬运工詹姆斯·巴克兰德宣誓自己所言皆属事实。这倒没什么。他说十二月十日下午六点，那时的雾是他见过的最浓的雾，五点零五分从提尔贝瑞开来的班车正驶入车站，晚点大约一个小时。他那时正在进站的月台上，一个头等车厢的乘客叫了他。巴克兰德几乎看不到他的脸，因为这个乘客裹在一件硕大的黑色毛皮大衣里，还戴着一顶毛皮旅行帽。

"那位乘客有很多行李，上面都有'F.S.'的字样，他要巴克兰德把行李都放到一辆四轮马车上，自己只拿着一个小提包。这个穿毛皮大衣的陌生人看着行李都放好了，就向搬运工付了钱，跟马车夫说等他回来，然后朝候车室的方向走了，手上还拿着小提包。

"'我等了一会儿，'巴克兰德接着说，'和马车夫聊了聊当时大雾弥漫的天气，然后就去忙我的事了，这时我看到由伦敦南区开来的车进站的信号。'

"检方强烈要求他确定穿毛皮大衣的陌生人放好行李、走向候车室的时间。搬运工很肯定地说'绝对不可能晚于六点十五分'。

"亚瑟·英格伍德爵士依然没有问题要问，于是法庭传唤了马车夫。

"他证实了詹姆斯·巴克兰德的证词，那位穿毛皮大衣的先生就是在那个时候找的他，让他把马车里里外外都塞满了行李，然后要他在那里等着。马车夫确实等了，一直在浓雾里等了半天，他甚至想把这些行李送到失物招领处，再去拉别的活。最后，在八点四十五分的时候，他看到就是那个穿毛皮大衣、戴毛皮帽子的先生匆忙朝他的马车走来，很快地上了马车，告诉车夫马上送他去塞西尔酒店。车夫声称这些就发生在八点四十五分。亚瑟·英格伍德爵士依然不予置评，而弗朗西斯·斯梅瑟斯特先生已经在拥挤憋闷的法庭里安静地睡着了。

"下一位证人是托马斯·泰勒警员，他十二月十日下午注意到有个穿着寒酸、蓬头垢面的人在火车站和候车室游荡。这个人好像一直在张望从提尔贝瑞与伦敦南区来的列车进站时会经停的站台。

"警方很敏锐地发现了两位互不相干的证人，他们都在十二月十日周三下午大约六点十五分的时候看到同一个衣着寒酸的人游荡进了头等车厢的候车室，并且在那个穿着毛皮大衣、戴着毛皮帽子的先生刚一进候车室，他就走上前去。他们两个谈了一会儿，没人听到他们说了什么，但他们很快就一起离开了，似乎没有人知道他们往哪去了。

"弗朗西斯·斯梅瑟斯特从迷糊中醒来，对他的律师耳语了几句，律师脸上带着鼓励的微笑点点头。塞西尔酒店的职员作证说斯梅瑟斯特先生在十二月十日周三晚大约九点三十分乘一辆马车到达酒店，带了许多行李。这案子检方的起诉就到这里为止。

"法庭上的每个人都仿佛已经看到斯梅瑟斯特被送上绞刑架。这群自以为是的家伙都是为了一点点好奇心才来旁听的，等着亚瑟·英格伍德爵士说些什么。他毫无疑问是当今司法界的热点人物。他散漫的态度和漫不经心的言语风靡一时，上流社会的许多公子哥儿都争相模仿。

"即使现在这位西伯利亚百万富翁基本上已经命悬一线，亚瑟·英格伍德爵士还是慢悠悠的，他慵懒地伸展了一下修长的双臂，闲适地靠着桌子，这个动作果然引起了旁听席上的一阵窃笑。他停了一下，想制造点气氛，亚瑟爵士是天生的演员，他毫无疑问地达到了目的，这时他才以最散漫的语调慢慢地说：

"关于这宗发生于十二月十日周三下午六点十五分到八点四十五分之间，威廉·克萧被谋杀的可疑案件，法官大人，我

现在提议传唤两位证人，这两个人曾于十二月十六日周二下午，也就是说，他们在所谓的谋杀案发生了六天之后都见过威廉·克萧。'

"这话就像炸弹一样在法庭里炸开，甚至连法官都有些目瞪口呆，我相信坐在我旁边的女士缓过神来以后，肯定在考虑到底要不要把晚餐聚会的时间延后。

"至于我，"角落里的老人既紧张又自得地说，这吸引了波莉·伯顿小姐的注意，"嗯，你知道，我早就知道这桩奇特的案子的问题在哪里，所以我一点也不像其他人那样惊讶。

"也许你还记得，案子离奇的过程完全把警方搞糊涂了，其实除了我以外，别人都被弄得云里雾里。商业路一家酒店的老板特里尼纳和一个侍者都作证说十二月十日下午大约三点半，一个穿着穷酸的人懒洋洋地进了咖啡间，要了杯茶。他很开心，说了很多话，他告诉侍者说他叫威廉·克萧，很快全伦敦的人都会谈论他了，说他马上要走大运了，要变成富豪，他不停地说着这类废话。

"他喝完了茶，又晃了出去，不过，他刚刚在路的转角处消失，侍者就发现这个衣着寒酸、喋喋不休的家伙落下了一把旧伞。西格诺尔·特里尼纳按照这家高级酒店的惯例，小心地把雨伞收到他的办公室，希望他的顾客发现伞丢了之后会回来取。果然，过了大约一个星期，在十六日也就是周二，大概是下午一点钟，那个衣衫不整的人又来了，要拿回他的雨伞。他吃了一点东西，然后又跟侍者聊了一会儿。特里尼纳和侍者对这个威廉·克萧做了描述，与克萧太太对她丈夫的描述完全相符。

"奇怪的是，他似乎是个很粗心的人，这一次他离开后，侍者在咖啡间发现了一个小皮夹，就在桌子下面，里面有许多信和账单，都是给威廉·克萧的。这个皮夹在法庭上被展示了出来，而已经回到法庭的卡尔·穆勒一眼就指认出这个皮夹是他亲爱的、可怜的朋友'威廉'的。

"这是这桩案件不利于原告的第一个打击，你必须承认，这个证据确实挺麻烦。原来的推理已经像纸牌屋一样摇摇欲坠了。不过，斯梅瑟斯特与克萧肯定见过面，这毋庸置疑，这两个疑点，还有浓雾弥漫的夜晚那两个半小时都需要有令人满意的解释。"

角落里的老人停了好一会儿，这让波莉感到有些坐立不安。他不停地玩弄手里的绳子，直到绳子的每英寸都打满了非常复杂而精巧的结才作罢。

"我向你保证，"他终于继续开口道，"在那一刻，整个谜案对我来说，就像暴露在光天化日之下那样清楚。我只是很惊讶法官怎么会浪费他和我的时间，试着去问一些与被告过去有关的问题。斯梅瑟斯特这时已经摆脱了睡意，带着奇怪的鼻音和一种几乎难以察觉的外国口音说话了。他镇定地否认克萧对他过去的描述；声称他从来没有叫过巴克，也绝对没有和三十年前的任何谋杀案有过牵连。

"'可是你认识叫克萧的这个人，对吗？'法官追问道，'因为

你写信给他。'

"'对不起，法官大人，'被告镇定地说，'在我的印象中，我从来没有见过这个叫克萧的人，我可以发誓我从未给他写过信。'

"'从未给他写过信？'法官带着警告意味地反问道，'这倒是奇怪的说辞，我现在手上就有两封你写给他的信。'

"'我从未写过这些信，法官大人，'被告镇定地坚持说，'那些不是我的笔迹。'

"'这点很容易证明，'亚瑟·英格伍德爵士用漫不经心的语气插话道，说着他把一个小包裹呈给法官，说，'这些是我的当事人到达本国后写的信，有些信还是在我眼皮底下写的。'

"正如亚瑟·英格伍德爵士所说，这很容易证实，嫌疑犯在法官的要求下在一张笔记本的纸上写了几行字并签名，就这样重复了几遍。从法官惊讶的表情上很容易就知道两种笔迹没有丝毫相似之处。

"新的疑点突然出现。那么，是谁和威廉·克萧约在芬彻奇街火车站见面？嫌疑犯对他抵达英国后的行程的解释合情合理。

"'我是搭乘杳斯柯·西罗号来的，'他说，'那是我朋友的游艇。我们到达泰晤士河口的时候，因为漫天大雾，我等了二十四小时才觉得可以安全上岸。我的俄国朋友根本不愿意上岸，他一直对这片大雾弥漫的地方感到害怕。后来他继续前往马德拉。

"'其实我是星期二上岸的，也就是十日，然后立刻乘火车进城。我的确找了辆马车安顿行李，搬运工和马车夫已经跟法官大人您说了；之后我想找间休息室弄杯酒喝。我四处逛，进了候车室，有个衣衫不整的人跟我打招呼，还和我说了一个令人同情的故事。我根本不认识他，他说他是个老兵，曾经为国尽忠职守，现在却被抛弃，饿得不行了。他求我跟他去他的住处，在那我会看到他的妻子和挨饿的孩子们，证明他所说的悲惨故事并非编造。

"'所以，法官大人，'嫌疑犯的语气中有一种高贵的坦诚，'这是我到达这个古老国度的第一天。三十年后我衣锦还乡，这是我听到的第一个悲惨故事，但我是个商人，相信眼见为实。我跟着那个人穿过大雾，走过许多街道。他一直在我身边沉默地走，我完全不知道自己身在何处。

"'当我突然转过身想要问他一个问题时，才意识到这位先生已经溜了。也许，他发现我不见到他挨饿的妻小是不会给他钱的，于是他扔下了我，继续找更愿上钩的人去了。

"'我发现我置身于一个很荒凉的地方，没有出租马车或公共马车的踪影。我沿着来的路往回走，想找到回火车站的路，却发现自己到了更糟更荒凉的地方。我迷路了，周围一片大雾。我就这样在黑暗荒僻的路上徘徊，不知不觉就过了两个半小时。唯一让我庆幸的是那天晚上我竟然找回了火车站，确切地说是我遇到了一个警察，他告诉我该怎么走。'

"'可是你要如何解释克萧知道你所有的行踪呢？'法官穷追不舍地问，'而且他为什么会知道你抵达英国的确切日期？你要怎么解释这两封信？'

"'法官大人，我没法解释这些。'嫌疑犯从容地答道，'我已经向您证明过我从未写过这些信，还有这个名字叫——呃——是叫克萧吧？这个人不是我杀的。'

"'你能不能告诉我，不管是国内还是国外，有什么人可能知道你的行程，还有你抵达的日期？'

"'当然，我在符拉迪沃斯托克的雇员们都知道我离开，但他们没有人可能写这些信，因为他们一个英文单词都不认识。'

"'那么，你对这些神秘的信件不能提供线索？你没法帮警方把这件怪事弄清楚吗？'

"'这件事对我、对您、对这个国家的警方来说都很蹊跷。'

"弗朗西斯·斯梅瑟斯特当然被无罪释放了，因为没有什么证据足以判他的刑。他的辩护中有两点无懈可击，把检方驳得哑口无言。第一，他有证据证明他从来都没有写过那些约定会面的信；第二，有人在十六日看见了那个被认为在十日就被谋杀的人还活得好好的。但把百万富翁斯梅瑟斯特的行程透露给克萧的那个神秘人物到底是谁？"

3

角落里的老人把他滑稽的瘦脑袋歪向一边，望着波莉，然后他拿起心爱的绳子，小心地把所有打好的结挨个解开。等绳子被弄得平整了，他就把它放在桌上。

"如果你愿意，我会带你一步一步看看我的推理过程，这必然会导引你，就像引导我一样，找到这个谜案唯一可能的答案。

"首先，"他又拿起绳子，有些神经兮兮地说道，每分析出一点就编出一系列的绳结，这手法让航海教练看了都会自愧不如，"显然克萧绝对认识斯梅瑟斯特，因为有两封信清楚地告诉他后者到达英国的情况。现在我可以肯定的是，除了斯梅瑟斯特本人外，没人能写这两封信。你可能要说那些信已经被证明不是被告席上的人写的。没错！你得记住，克萧是个粗心大意的人，他把两封信的信封都弄丢了。对他来说，信封是无关紧要的，现在却没有东西可以证明信不是斯梅瑟斯特写的。"

"但是——"波莉刚开口。

"等一下，"老人打断了她，他打好了第二个结，"有人证实克萧在谋杀案之后的第六天还活着，还去了特里尼纳酒店，那儿的人都已经认识他了，他还恰好留下了一个小皮夹，这样别人就不会搞错他的身份，可没有人问弗朗西斯·斯梅瑟斯特先生，那位百万富翁，那天下午又是在干什么。"

"当然，你的意思不会是?"波莉小姐喘着气说。

"请等一下，"他得意地接下去说，"特里尼纳酒店的老板是怎么被带上法庭的? 亚瑟·英格伍德爵士，或者说他的委托人，怎么会知道威廉·克萧在这两个非常重要的时候到过这家酒店? 而且还知道酒店老板会给出如此有说服力的证据，能洗刷百万富翁的谋杀罪名呢?"

"确实，"波莉争辩道，"一般情况下，警方……"

"在塞西尔酒店逮捕斯梅瑟斯特之前，警方对整个案情一直都守口如瓶。他们并没有像往常那样在报上刊登'若有人正好知道某人的下落'之类的公告。如果酒店老板通过一般渠道得知了克萧失踪的消息，他会跟警方联络。但却是亚瑟·英格伍德爵士把他带上法庭的。英格伍德爵士是怎么得到这条线索的？"

"当然，你不会是想说……"

"第四点，"他继续淡定地说，"没人去找克萧太太要她丈夫的笔迹样本。为什么？因为警方就像你说的那样聪明，他们一开始就没搞对。他们相信威廉·克萧已经被谋杀，于是一直在找威廉·克萧。

"十二月三十一日，两个船夫发现了被认为是威廉·克萧的尸体，我已经给你看过了那个地方的照片。公平地说，那地方又阴暗又荒凉，对吧？这种地方常会有恶棍或胆小鬼会诱骗不设防的陌生人过来，先杀了他，再把他身上的贵重物品、文件和身份证明洗劫一空，然后留下尸体任其腐烂。尸体是在一条被废弃的船的底部被发现的，那船已经在台阶下的墙边放了好一段时间。尸体已经腐烂不堪，当然，这样就无法辨识尸体了；可警方却认为那就是威廉·克萧的尸体。

"他们从来没有想过那是弗朗西斯·斯梅瑟斯特的尸体，而威廉·克萧是凶手！

"啊！这是个聪明绝顶、天衣无缝的设计！克萧是个天才。想想看！他的乔装打扮！克萧有蓬乱的胡须和头发，还有唇须。而他连眉毛都剃掉了！怪不得在法庭上连他的太太都没认出来；而且别忘了，他站在被告席上，她太太很少看他的脸。克萧很邋遢，没精打采，而且还佝偻驼背。而百万富翁斯梅瑟斯特很可能在普鲁士当过兵。

"然后，这个聪明的家伙打算再去一次特里尼纳酒店。只需要几天，他就能买到跟他剃掉的唇须、胡须和假发一样的东西。让自己看起来像自己！真是天衣无缝！然后他留下小皮夹！他！他！他！克萧根本没有被谋杀！当然没有。谋杀案发生的六天后他去了特里尼纳酒店，而斯梅瑟斯特先生，那个百万富翁，却只能躺在一条废弃的船底！应该吊死这个家伙！呸！"

他摸索着找他的帽子。站起来的时候，他毕恭毕敬抓住帽子的手指有些颤抖，波莉看着他走向吧台，付了两便士的面包牛奶钱，很快就从店里消失了。而波莉依旧茫然地看着面前摊着的照片发呆，她盯着那根长长的打满结的绳子，那些结就像刚刚坐在角落里的老人一样，令人懊恼，让人困惑。

菲力摩尔街劫案

1

周六那天下午，很难说波莉·伯顿小姐是否希望见到角落里的老人。可以确定的是当她走到窗边的桌子，发现老人不在时，她感到极度失望，而她那整个星期都一直躲着这家咖啡店。

"我觉得你躲不了太久的。"一个平静的声音在她耳边说道。

她差点摔了一跤，他到底从哪里冒出来的？她的的确确连最轻微的声响都没有听到，然而他现在就坐在那儿，在那个角落里，像极了盒子里会弹出来的玩具小丑，温和的蓝眼睛带着歉意望着她，紧张兮兮的手指正在玩一根必不可少的细绳。

女侍者为他端来一杯牛奶和一块芝士蛋糕。他默默地吃着，那根细绳就悠悠地放在桌边。等他吃完了，他又在宽大的衣服口袋里摸索，把那个他必带的小皮夹拿了出来。

老人把一张小照片放到波莉面前，平静地说：

"这是菲力摩尔街上那些连排屋的背面，从这里可以俯瞰亚当和夏娃住宅区。"

她看看照片，然后看看他，露出了充满期待的友好的表情。

"你可以注意到，后花园都有出口通往住宅区。整个局布摆出来的形状像个大写的 F。这张照片是直接对着短的水平线拍的，你能看到，线的终点是死路。竖线的末端转进了菲力摩尔街，而上段长水平线的尾端则接到肯辛顿的高街。就在一月十五日那天深夜，或者说第二天凌晨，编号为 D21 的警员由菲力摩尔街转进宅区，在那条直线与短水平线形成的夹角处站了一会儿，据我之前的观察，这个地点能看到菲力摩尔街那些房子的后花园，尽头是死路。

"D21 警员在那个角落里站了多久，他也说不上来，不过他想肯定有三四分钟吧，这时他注意到花园墙壁的阴影下有一个行踪可疑的人在蹒跚而行。那个人小心翼翼地朝着死路的方向走，而D21 警员在阴影下也掩藏得很好，无声无息地跟着。

"当警员就要赶上那人时，应该说，和他相距还不到三十码的地方，从菲力摩尔街尾两栋房子中的一栋，其实，就是菲力摩尔街 22 号，一个只穿了件衬衫式长睡衣的男人激动地冲出来，警员还没来得及干预，那个男人已经结结实实地扑到那可疑的人身上，两个人在鹅卵石地上翻滚，他还发疯似的尖叫着：'小偷！小偷！警察！'

"D21 警员费了好长时间才把流浪汉从那场激烈的扭打中救出

来，又费了几分钟才让那个人听他说话。

"'嘿！嘿！够了！'警员终于找到了说话的机会，同时把那个穿睡衣的人猛地推了一把，才算让他安静了一会，'现在离这个人远点，你们不能这么晚了还在吵闹，这样会把别人都吵醒的。'那个可怜的流浪汉这时已经站起来，没有要逃走的意思，或许他认为没有逃走的机会。可是那穿长睡衣的人已经喘过气来，想要说话，嘴里颠三倒四地吐出几句让人听不懂的话：

"'我被抢了……被抢了……我……那是……我的主人……诺普夫先生。桌子是开的……钻石没了……都是我管的……那……现在都被偷了！这个人就是小偷，我发誓！我听到他的声音……就在三分钟之内……我冲到楼下……通往花园的门被砸烂了……我跑过花园……他还在这里鬼鬼祟祟……小偷！小偷！警察！钻石！警员，别让他跑了……如果你让他跑了，我要你负责……'

"'嘿！够啦！'D21 警员好不容易插上话说，'说够了，行不行？'

"穿长睡衣的人逐渐从激动中平静下来。

"'我可以控告这人吗？'他问。

"'什么罪名？'

"'盗窃和私闯民宅。我告诉你，我听到了他的声音。他现在肯定有诺普夫先生的钻石。'

"'诺普夫先生在哪？'

"'出城去了，'穿长睡衣的人呜咽地说，'他昨晚去了布莱顿，

留下我看家，现在这个小偷——'

"那流浪汉耸耸肩，什么也不说，而是安静地开始脱外套和背心。他把衣服递给警员。穿长睡衣的人迫不及待地扑向衣服，把破烂的口袋都翻了出来。流浪汉继续一本正经地开始脱内裤，某扇窗户里有人大笑着说了几句玩笑话。

"'嘿，别无聊了，'D21 警员严厉地说，'你这么晚在这里到底想干什么？'

"'伦敦的街道是给大家走的，不是吗？'流浪汉反问。

"'老兄，你这样回答可不行。'

"'那我迷路了，就是这样，'流浪汉无礼地咆哮道，'你现在可以让我走了吧。'

"这时候又来了其他几名警员。D21 没有放流浪汉走的意思，而那个穿长睡衣的人又对着流浪汉的衣领冲过去，唯恐他真的'走了'。

"我想 D21 警员已经意识到这情况的微妙。他建议罗伯森（穿长睡衣的人）进屋去找些衣服穿上，而他自己则在那儿等着探长和侦探过来，编号为 D15 的警员马上就去局里请他们来。

"可怜的罗伯森冷得牙齿打战。D21 警员催他进屋去的时候，他猛地打了一阵喷嚏。D21 和另一位警员留下查看被偷的住宅，D15 警员则把那个凄惨的流浪汉带回警局并马上把探长和侦探都找来。

"等探长和侦探来到菲力摩尔街 22 号时，发现可怜的罗伯森躺在床上发抖，依然很难过。他已经喝了一杯热饮，眼里却涌着泪水，声音非常沙哑。D21警员一直守在餐厅，罗伯森已经在餐厅里把那张案发的桌子指给他看，桌子的锁是坏的，里面一片狼藉。

"罗伯森一边打喷嚏，一边把失窃案发生之前的事说了一遍。

"他的主人裴迪南·诺普夫先生是个钻石商人，单身。诺普夫先生雇他已经有十五年了，而且他是唯一与主人同住的仆人。另一个负责清洁的女佣每天来整理家务。

"昨天晚上，诺普夫先生在稍微偏下一点的26号房的希普曼先生家里吃晚餐。希普曼先生是个大珠宝商，在南奥得利街上有店面。那天晚上，最后一班邮车送来一封给诺普夫先生的信，上面有布莱顿的邮戳，还有'急件'字样。罗伯森正在犹豫要不要把信拿到26号去时，他的主人回来了。他看了看信的内容，叫罗伯森拿来A.B.C.火车时刻表，然后要罗伯森马上收拾行李，并替他叫辆马车。

"'我猜得到是怎么回事，'罗伯森又打了一阵猛烈的喷嚏继续说，'诺普夫先生有个哥哥，也就是埃米尔·诺普夫先生，他们两个很亲密。可是他哥哥身体很不好，通常都会在不同的海滨地区搬来搬去。他现在住在布莱顿，病得很重。

"'如果您不嫌下楼麻烦的话，我相信您在厅桌上还能找到那封信。

"'诺普夫先生离开之后，我读了那封信。信不是他的哥哥寄的，而是一位署名为J.柯林斯的医生写来的。我不记得信里的原话，不过，当然您可以读那封信，J.柯林斯先生说他突然被请去为埃米尔·诺普夫先生看病，又说诺普夫先生的时间已经所剩不多了，所以请医生立刻联络他在伦敦的弟弟。

"'在离开之前，他郑重地告诉我书桌里有些贵重物品，大部分是钻石；还告诉我要特别注意锁好门窗。他常常像这样留下我看家，而且他的书桌里经常都放着钻石，因为诺普夫先生到处跑买卖，在城里没有固定的店面。'

"这基本上就是罗伯森向探长说明的内容，他总是在重复相似的内容，而且滔滔不绝。

"探长和侦探在把报告拿回局里之前，认为他们应该拜访一下26号大珠宝商希普曼先生。

"你当然记得，"角落里的老人又说，眼神梦游似的注视着他的绳子，"这件离奇的案子有着惊人的发展。亚瑟·希普曼先生是希普曼珠宝公司的大老板。他太太已经去世了，他独自住在那间肯辛顿式的小房子里，过着跟以前一样的日子，但让两个已婚的儿子保持着奢侈的生活，并且还总是炫耀他们家的财富。

"'我认识诺普夫先生没多久，'他对几位侦探解释，'我记得他卖过几颗钻石给我，一两次吧。不过我们两个都是单身，常常一起吃饭。昨天晚上，他就是和我一起吃的。他告诉我，昨天下午他收到一批上等的巴西钻石，他知道我很不喜欢有人去我办公的地方，所以他把钻石带着，也许是希望在酒桌上做点生意。

"'我向他买了两万五千英镑的货，'珠宝商继续说，仿佛在讲的是不值一提的小钱，'我开了张全额支票，在桌上给了他。我想我们俩对这次生意都挺满意，最后还一起喝了瓶 1848 年的葡萄酒庆祝。诺普夫先生大约是在九点半走的，他知道我睡觉很早。我带着这些新货上楼，锁在了保险柜里。昨晚我肯定没有听到宅区附近的吵闹声。我睡在二楼，靠房子的前端，我现在刚知道可怜的诺普夫先生遭了窃。'

"就在说着话的时候，希普曼先生突然停下来，脸色变得非常苍白。他匆匆抛下一句'抱歉'，就唐突地离开了房间，警察听到他急忙跑上楼梯的声音。

"还不到两分钟，希普曼先生回来了。不用说话，探长和侦探从他的表情就猜到是怎么回事。

"'钻石！'他喘着气，'我也被偷了！'"

2

"现在我必须告诉你，"角落里的老人继续说，"我看了晚报上有关双重失窃案的报道后就着手工作，好好地思考了一番——没错！"

他注意到波莉还在看他摆弄的那根细绳，微笑着继续说：

"没错！靠这小东西，我才能继续思考。我做了笔记，写了我该如何着手，找出一夜之间发了一笔小财的窃贼。当然，我的办法和伦敦警探不一样，他们有自己的办案方式。负责这案件的警探问了遭窃的倒霉珠宝商，向他了解他的仆人和家属的详细情况。

"'我有三个仆人，'希普曼先生对他解释，'有两个跟我许多年了，另一位是打扫卫生的女佣，算是新来的，她来这里大概六个月，是一位朋友推荐的，她性格很好，和客厅女侍一起住。厨师是我上学时就认识的，他单独睡一个房间。三个仆人都睡在楼上。我把珠宝锁在更衣室的保险箱里面。像往常一样，我将钥匙和手表放在床边。而且我向来睡得比较浅。

"'我真的不明白这事怎么可能发生，但——您最好跟我上来看看保险箱。钥匙一定是从我床边偷去的，保险箱被打开了，钥匙又被放了回来，整个过程我一直在熟睡中。虽然我到现在才有机会检查保险箱，但在上班之前就应该发现东西丢了，因为我本想把钻石随身带着——'

"探长和侦探于是上楼查看了保险箱。箱子的锁完好无损，窃贼显然是用钥匙打开的。探长提到希普曼被人用氯仿麻醉了，可是希普曼先生说，他早上大约七点半醒来的时候，房里并没有氯仿的味道。不过这个胆大包天的贼肯定用了麻醉药，从他的作案过程可以看得出来。从对房间检查的结果发现，窃贼实际上利用了通往花园的玻璃门作为入口，这和诺普夫先生家的情形一样，不过在这边，他是用钻石小心割开了那片门上的玻璃，松开插锁，转动钥匙，然后走进来的。

"'希普曼先生，贵府的仆人中有哪位知道昨晚府上有钻石？'警探问。

"'我想，应该没有人知道。'珠宝商回答，'不过，女侍在餐桌旁伺候时可能听到我和诺普夫先生讨论交易的事情。'

"'我想搜查府上所有仆人的箱子，您没有意见吧？'

"'当然没有意见。我相信他们也不反对，他们都很诚实。'

"搜查仆人们的东西绝对白费工夫，"角落里的老人说着还耸了耸肩，"即使是现在的仆人，也不会有人蠢到把偷来的东西藏在房子里。但闹剧还是演了一遍，希普曼先生的仆人多多少少有些不满，而警方的搜查结果依然一无所获。

"珠宝商方面没别的资料可以提供了。说句公道话，探长和侦探把调查工作做得很细，而且更重要的是，事情做得很聪明。据他们推断，窃贼显然是从菲力摩尔街26号开始作案，然后可能爬过几栋房子间的花园高墙来到22号，在那儿差一点被罗伯森当场逮住。事实很简单，可问题在于到底是谁知道这两栋房子里都有钻石，而且又是如何得知的。显然那个窃贼或者窃贼们对诺普夫先生的事比对希普曼先生更为了解，因为他们懂得利用埃米尔·诺普夫先生的名字，把他弟弟支开。

"快到1点时，警探们离开了希普曼家，又折回22号看诺普夫先生是否回来了。给他们开门的是一名年老的清洁女佣，说她的主人已经回来，现在正在餐厅里用早餐。

"裴迪南·诺普夫先生是个中年人，淡黄的肤色，黑头发黑胡须，显然有希伯来的血统。他的外国口音很重，用很客气的语调对两位警员说他想继续用早餐，请他们见谅。

"'当我回到家，我的仆人罗伯森告知坏消息的时候，我已经有充分的心理准备，'他解释说，'昨晚我收到的信是假的。根本没有 J. 柯林斯医生这个人。我哥哥这辈子从来没有像现在这样健康过。我肯定你们很快就会追踪到那个写信的滑头——啊！不过我很生气，我可以告诉您，当我到达布莱顿的都会酒店时，我才得知哥哥埃米尔从来没听说过什么柯林斯医生。

"'虽然我尽快跑回火车站，但进城的最后一班车已经走了。可怜的老罗伯森，他得了重感冒。啊，对了！我的损失！对我来说真是损失惨重。如果我昨晚没有和希普曼先生做成那笔幸运的交易，现在也许我已经完蛋了。

"'昨天我拿到的那批宝石里有一些是绝好的巴西钻，这些大部分我都卖给了希普曼先生；还有些非常棒的好望角钻石，全都被偷了；有些是相当特别的巴黎钻，镶嵌和做工都非常棒，是一间很大的法国公司委托我卖的。先生，我跟您说，我总共损失了大约一万英镑。我以抽取佣金的方式卖东西，当然也必须赔偿损失。'

"他显然想要像男子汉一样，也像生意人一样，承担起自己的责任。对他忠诚的老仆人，那位由于主人不在家而认真照顾家里却得了要命的感冒的罗伯森，他无论如何也不会有丝毫的责怪。只要稍稍暗示老罗伯森有涉案嫌疑，诺普夫先生都会认为是绝对荒谬的。

"那年老的清洁女佣是附近有生意往来的朋友推荐的，看上去非常诚实可敬而且清醒。除了这些，诺普夫先生确实一点也不了解她。

"至于流浪汉，诺普夫先生知道的就更少了，他也想不到这个人或其他人怎么可能知道那天晚上他刚好有钻石放在家里。

"这的确像是整个案子的一大疑点。

"诺普夫先生应警方的要求，到警察局里去看流浪汉嫌疑犯。他说他以前从来没见过这个人。

"希普曼先生在下午下班回家的路上，也到局里看了嫌疑犯，说法也和诺普夫先生一样。

"流浪汉被带到法官面前，胡乱地介绍了自己。他说了名字和住址——后来当然被证明是假的——之后他就不肯再开口说话。他好像不在乎自己会不会被关起来。警方很快就发现眼下从涉嫌的流浪汉身上无论如何也套不出什么了。

"负责本案的探长是弗朗西斯·霍华德侦探，虽然连他自己也不想承认，但实在已到了无计可施的地步。你一定记得这宗失窃案表面非常简单，但其实十分离奇。诺普夫先生家被认为遭窃的时候，D21警员正站在亚当和夏娃住宅区，却没有看到任何人出死胡同走到住宅区的主路上。

"所有的马厩都属于社区的居民，直接面对菲力摩尔街上那些房子的后方入口。车夫、他们的家人以及所有睡在马厩的马夫们都接受了警方严密的监视，被详细地讯问过。被罗伯森的尖叫声惊醒之前，他们什么都没看到，什么也没听到。

"至于从布莱顿寄来的信，实在是非常普通，信是用笔记本的纸写的，警探绞尽脑汁，才追踪到西街上的一家文具店。不过这家文具店生意很好，像那个自称医生的人用来写这封诡异信件的笔记本，许多人都买过。信的笔迹歪歪斜斜，可能是假装的。无论如何，除非在非常特别的情况下，否则从信里完全找不出有关窃贼身份的线索。不用说，那个流浪汉被叫去写自己的名字时，他的字迹完全不同，而且绝对是没受过教育的那种。

"不过，就是在这种情况下，一个小小的发现使得弗朗西斯·霍华德先生灵机一动，想出了一个点子。这计划如果执行妥当，肯定会把老奸巨猾的窃贼带入警方的手掌心。他心里这样希望着。

"这个小小的发现是找到了诺普夫先生的一些钻石。"角落里的老人停顿了一下又继续说，"那些钻石显然是窃贼从菲力摩尔街22号的花园匆忙逃出去的时候，掉进地里的。

"花园的尽头是一间前屋主造的小书房，它的后面是一小块约七平方英尺大的荒地，以前这里是个有假山的庭园，现在仍然堆满了松动的大石头，这些石头的底下早已成为蠼螋和木虱的乐园。

"事情是这样的，罗伯森在失窃案发生两天后，为了房子或其他目的，需要一块大石头，他从荒地搬了一块，发现下面有几颗闪亮的小石头。诺普夫先生马上带着这些东西亲自到警察局去，指认出那些就是他的巴黎钻的一部分。

"后来，探长查看了找到钻石的地方，在那儿想出一个他寄予厚望的计划。

"警方按照弗朗西斯·霍华德先生的建议，决定把不知名的流浪汉从警察局安全的拘留室放出来，随他去哪儿。这也许是个好点子。霍华德先生是这样想的：如果这人与那些狡猾的窃贼有任何联系，他迟早会和同伙会合，或者甚至会把警方引到他藏匿剩下的珠宝的地方。不用说，会派人全程盯着他。

"这个可怜的流浪汉被释放后，走出警局，肩上披着单薄的外套，因为这天下午冷得刺骨。他开始行动了，首先转进市政厅小酒馆大吃大喝。弗朗西斯·霍华德先生注意到，那人似乎以怀疑的眼神看着每个经过的人，不过他好像吃得挺开心，还喝了一阵子的酒。

"他离开小酒馆的时候，已经快四点，接下来不知疲倦的霍华德先生开始了他记忆里最辛苦、最无聊的追踪，走遍迷宫一样的伦敦街道。他们爬上诺丁山，走过贫民区，沿着高街，越过汉默史密斯区，又穿过下面的谢泼德布什区，这个没有名字的流浪汉不慌不忙地领着倒霉的警探，时不时在小酒吧停下来喝一杯。不管到哪里，霍华德先生都是紧跟在后，心里抱怨个不停。

"霍华德先生虽然很累，可这个让人疲劳的流浪汉每消耗半个小时，他就觉得希望更大一点。那人显然想消磨时间，似乎不觉得累，不停地走，也许他怀疑自己被跟踪了。

"最后，警探虽然冷得半死，双脚酸疼，心脏猛烈地跳，但他却开始发现那流浪汉正逐渐朝着肯辛顿的路走回去。这时已将近晚上十一点，那个流浪汉在高街上来回转了一两圈，从圣保罗中学走到德瑞与汤姆商店，又原路走回来，朝下看了一眼小巷，然后终于转进菲力摩尔街。他好像很从容，甚至一度在马路中间停下来想点烟斗，可是东风吹得厉害，点烟费了他不少时间。之后，他又悠闲地在街道上游荡，转进了亚当和夏娃住宅区，霍华德先生则紧追不舍。

"按照探长的安排，几位便衣警察早已在附近蹲守。其中两个站在宅区街角的公理会教堂台阶的阴影下，其他的警察也都在一声轻呼就可以行动的范围内等待着。

"因此，还没等到那狡猾的兔子转进菲力摩尔街后面的死胡同，霍华德先生只要轻轻叫一声，所有的出口都会被堵死，他会像一只掉进陷阱的老鼠那样被逮住。

"流浪汉往前走了约三十码（住宅区这一部分的路大约有一百码长），随后在阴影下消失了，弗朗西斯·霍华德先生随即指示四五个手下小心地向住宅区前进，另外四五个则沿着住宅区与高街之间的菲力摩尔街前面一段排成一列。

"别忘了，后花园围墙投下的阴影又长又深，但如果那人想要翻墙的话，警察还是可以清晰地看出他的轮廓。霍华德先生非常确定这窃贼一定是在找失窃的珠宝，而且他肯定把这些珠宝藏在某一栋房子的后面。警察会当场抓住他，告诉他要判他重刑，他或许会屈服，供出他的同伙。霍华德先生为自己的计划乐坏了。

"时间很快地过去，虽然现场有这么多人，但这黑暗荒凉的住宅区却十分安静。

"当然，这一夜的历险一直不准登报，"角落里的老人温和地微笑道，"如果那计划成功了，我们早就会听说所有的经过，还会有一篇又臭又长的文章为警方的机敏歌功颂德。可事实是那流浪汉游荡到住宅区之后就不见了，弗朗西斯·霍华德先生或其他警员都无法解释为什么。仿佛是大地或阴影把他吞没了一样，没有人看到他翻过花园的墙，也没有人听到他闯进任何一扇门。他撤到花园围墙的阴影里，然后就再也没人看到他或听到他。"

"菲力摩尔街上某栋房子里的某个仆人一定是这帮人的同伙。"波莉很快下了结论。

"啊，对！但是是哪个呢？"

角落里的老人说着在他的细绳上打了个漂亮的结。"我可以向你保证，警方一定把每块石头都翻过来找了，希望看到那个曾经被他们拘留了两天的流浪汉。可是从那天起到今天，连他的影子都找不到，更不用说钻石了。"

3

"流浪汉失踪了，"老人继续说，"弗朗西斯·霍华德先生想找到他，于是绕到前头，看见 26 号的灯还亮着。所以他拜访了希普曼先生。那天，这位珠宝商人请了几位朋友来吃晚餐，大家正在喝酒和苏打水，马上就要互道晚安。仆人刚清理完毕，等着上床睡觉。仆人、希普曼先生以及客人们都没看到或听到那疑犯的任何动静。

"弗朗西斯·霍华德先生接着去拜访诺普夫先生。罗伯森告诉警探说诺普夫先生正在洗热水澡，准备睡觉。可是诺普夫先生坚持要隔着浴室门和霍华德先生说话。诺普夫先生感谢他费了这么大的功夫，而且表示他确信因为有这样坚持到底的警探，自己和希普曼先生很快会拿回他们的钻石。

"嘻！嘻！嘻！"角落里的老人笑了，"可怜的霍华德先生！他的确锲而不舍，却毫无进展。不，不只他，就这一点来说，其他人也一样。即使我把我所知道的一切告诉警方，也不一定能判他们有罪。

"现在，跟着我的推理走，一点一点来，"他继续说，"谁知道希普曼先生和诺普先生的屋里有钻石？最先知道的——"他伸出一根像爪子般丑陋的手指，"是希普曼先生，再来是诺普夫先生，然后应该是罗伯森。"

"还有那个流浪汉？"波莉说。

"既然流浪汉已经失踪了，我们就不谈他，先看第二点。很显然，希普曼先生被下了药。在正常情况下，没有人能把他床边的钥匙拿走又放回来，却没有使他惊醒过来。霍华德先生认为窃贼身上带了麻醉药，可是贼是怎么进入希普曼先生的房间，却没惊醒他的呢？如果假设窃贼有预谋，在希普曼先生上床之前就下了药，这样是不是更简单？"

"可是——"

"等等，先听我说第三点。虽然有确切的证据证明希普曼先生拥有价值二万五千英镑的财物，因为诺普夫先生有一张他开出的全额支票，可是却无法证明诺普夫先生的屋里有没有钻石，也许他屋里连个值一镑的奇石都没有。

"而且，"稻草人似的老人越说越兴奋，"你有没有想过，或者其他人有没有想过，那流浪汉被拘留，警方正全力搜索检查的时候，从来没有人看到诺普夫先生和他的仆人罗伯森同时出现过？"

刹那间，年轻的波莉好像看到整件事如幻影般出现在眼前。"啊哈！"他又继续说，"他们一点细节也没遗漏——跟着我的思路，一步一步来。两个狡猾的恶棍——或许应该称他们为天才——手上有一笔来路不正的钱，决定用这些钱再赚一笔。他们假装成受人尊敬的角色，大约有六个月吧。一个演主人，一个演仆人，看准同街的另一栋房子作为下手的对象，跟屋主交上朋友，做成一两笔信用良好可是金额很小的交易，这些都是靠着可能只有几百英镑的老本和一些贷款做的。

"然后就是巴西钻，还有巴黎钻，别忘了，这些都是上等货，因此要用化学的方法测定。巴黎钻卖掉了——当然，不是在珠宝店里，而是在晚上——在吃完晚餐，喝了许多酒之后。诺普夫先生的巴西钻很漂亮，可以说完美！诺普夫先生是个有名的钻石商人嘛！

"希普曼先生就这样买下钻石——可是到了早上，希普曼先生清醒过来，支票还没兑现就被止付了，骗子于是被抓获。这可不行！那些看上去精美的巴黎钻绝对不能到早上还在希普曼先生的保险箱里。借着强力镇静剂的帮忙，最后喝的那瓶1848年的葡萄酒保证让希普曼先生睡得不省人事。

"啊！别忘了所有的细节，真是让人钦佩！那混蛋从布莱顿寄来一封给自己的信，砸坏的书桌，还有屋里破掉的大片玻璃都是设计好的。仆人罗伯森把风，而诺普夫自己穿得破破烂烂跑到26号。如果D21警员不在，那天一大早那出激烈的闹剧就不会上演了。事情就是这样，在那场假装的打斗中，希普曼的钻石从流浪汉手上传到了他同伙的手里。

"然后，罗伯森卧病在床，而他的主人应该回来了——顺便说一下，从来没有人想到，虽然诺普夫先生是乘车回来的，却没有任何人看到他。然后在接下来的两天内一人分饰两角，这一点警察或是探长当然也都没想到。记得他们只看到因感冒卧病在床的罗伯森。可诺普夫先生也得尽早离开牢房，因为双重角色毕竟很难长久演下去。于是22号花园里找到钻石的事就发生了。狡猾的恶棍们猜到警方会按常规办案，放出嫌疑犯，回到他藏赃物的地方。

"这一切他们都预料到了，而罗伯森一定一直在等。提醒你一下，那流浪汉在菲力摩尔街停下来一阵子，为了要点烟斗，也为了让他的同伙完全警觉，去打开后花园大门的门闩。五分钟之后，诺普夫已经进屋洗热水澡,把流浪汉的伪装洗掉。别忘了,警探当时还是没有真正看到他。

"第二天早上,诺普夫先生恢复黑发蓄须的样子,他又变回自己了。这整个诡计都取决于一套简单的技术,一套这两个狡猾的恶徒完全精通的技术,一套扮演的技术。

"我敢说他们是兄弟,应该说,是孪生兄弟。"

"可是诺普夫先生——"波莉想说点什么。

"好吧,查查看商户名册。你会看到 F.诺普夫公司,钻石商人,里面还有城里的住址。在同行里打听一下,你会听到有人说这家公司财务状况不错。嘿!嘿!嘿!它理应如此啊。"角落里的老人说着招呼女侍者过来,拿了账单,戴上他那顶破烂的帽子,拿着那根细绳,很快地走出了咖啡店。

约克郡谜案

1

那天早上角落里的老人看上去很开心，他喝了两杯牛奶，甚至还奢侈地多点了一块芝士蛋糕。波莉知道他急着要讲侦破故事了，因为他不时地偷偷看她，又拿出一根细绳，绕来绕去弄出许多复杂的结。最后，他拿出皮夹，把两三张照片摆在了她的面前。

"你知道这是谁吗？"他指着其中一张问。

波莉端详着照片里的脸。那是张女人的脸，不算漂亮，可是看上去非常温柔而且天真，大眼睛里有一种奇特的伤感，特别动人。

"这位是亚瑟·斯凯尔莫顿夫人。"他说。亚瑟·斯凯尔莫顿夫人！这个名字让波莉想起了最离奇、最神秘的悬案之一，那件已成历史的离奇悲剧闪现在她的脑海里，这是一个曾经让这位可爱的女士为之心碎的故事。

"是啊，真是悲惨，不是吗？"他评论道，这正应了波莉心里想的，"又是一桩谜案，要不是因为警方像白痴一样犯了错误，这案子的真相早就大白于天下，公众也不会为此焦虑了。我大概说一下这案子的细节，你没意见吧？"

波莉什么也没说，于是老人不再等她回答，继续说了起来：

"事情发生在约克郡赛马季的那一周。每年这个时候，这个安静的教会城市总会出现许多身份复杂的人，这些人是哪儿有钱赚，有空子钻，就往哪儿聚。亚瑟·斯凯尔莫顿爵士是伦敦社交圈和赛马界的知名人物，他租了一间可以俯瞰整个赛马场的豪宅。他在一匹叫作'胡椒籽'的马上下了大赌注，这匹马准备参加爱博大障碍赛。'胡椒籽'在新市的比赛上获胜，在爱博的比赛上被认为稳赢的。

"如果你去过约克郡，你会注意到那些豪宅，前门的路就叫作'上马道'，花园一直延伸到赛马场，在这里可以拥有看到整个跑马道的绝佳视野。亚瑟·斯凯尔莫顿爵士整个夏天都租了这种被称为'榆林屋'的豪宅。

"亚瑟夫人在赛马周之前早些时候就与仆人离开，她没有孩子，但有许多亲友住在约克郡。她是可可商人约翰·艾提爵士的千金，这位老先生是个严苛的贵格派教徒，大家都说他很吝啬，而且对他那位贵族女婿打牌和赌博的嗜好显然嗤之以鼻。

"事实上，莫德·艾提小姐的父亲反对她嫁给那位年轻英俊的骑兵上尉。可她是独生女，约翰爵士虽然再三反对，还是在他溺爱的女儿任性的坚持下屈服了，不情愿地同意了这门婚事。

"但他是个很精明的约克郡人，公爵儿子愿意娶可可商人女儿的原因中，爱情只占了一小部分，他不可能不知道。既然女儿是因为她的财富才被娶过去的，他决定只要他还活着，她的财富至少要能保障她的生活幸福。他没给亚瑟夫人任何财产，因为这赠与的财产不论如何安排，迟早都会落到亚瑟爵士那帮赛马朋友的口袋里去。不过，他还是给了女儿可观的零用钱，一年超过三千英镑，这些钱足以让她维持符合她新身份的体面。

"你知道，这些事情是够隐私的了，但在查尔斯·拉文达被谋杀之后的那段群情鼎沸的时间里，所有人都在关注亚瑟·斯凯尔莫顿爵士，想要挖掘出他悠闲无聊的生活内幕，因此这些事就全都被抖了出来。

"这样的传闻很快就传遍了全城，说可怜的亚瑟夫人虽然被英俊的丈夫忽视了，但仍然对他十分崇拜，而且因为没有为他生孩子，她把自己贬到过平民生活的地步，并以宽恕他所有的过错与恶习作为补偿，甚至在约翰爵士询问的眼光下将这一切都掩饰起来，于是约翰爵士渐渐相信他的女婿是个完美的模范丈夫，具备已婚男人所有的优点。

"亚瑟·斯凯尔莫顿爵士有许多花钱的嗜好，其中当然少不了赛马和玩牌。他刚结婚时赌赢了一些钱，之后便开始养赛马，因为他运气一直很好，大家都以为这是他收入中的一个固定来源。

"可是，'胡椒籽'在新市的杰出表现却没有继续，没有满足他主人的期望。它在约克郡的大败虽然可以归罪于场地太硬等原因，可失败的后果却立刻让亚瑟·史凯莫顿爵士落到大家常说的'捉襟见肘'的地步，因为他把所有家当全押在了他的马上，光那一天就大输特输了五千多英镑。

"另一方面，因为最受欢迎的'胡椒籽'落败，原本排名外的'油菜王'反而获得大胜，这对赌马业者来说，可谓大丰收。约克郡的大小酒馆都在为赛马场兄弟会主办的各种庆功宴会忙碌。第二天就是星期五，这天还有一场重要赛事，接着，那些一星期前蜂拥进入这座庄严的城市的精明狡猾的人就会飞到更适合他们的地方，把城市、大教堂和古城墙都丢下，让这里像以往一样睡眼惺忪，宁静祥和。

"亚瑟·斯凯尔莫顿爵士也预备在星期六离开约克郡，于是星期五晚上，他在榆林屋举办了一个单身告别晚宴，亚瑟夫人并没有露面。晚餐后，男士们打起了桥牌，赌注肯定很大。大教堂钟塔刚敲过十一点，麦克诺特和默非警员当时正在赛马场巡逻，突然被'谋杀'和'警察'的呼喊声吓了一跳。

"他们很快就确定了声音的方向，急忙飞驰过去。在相当靠近亚瑟·斯凯尔莫顿爵士家地块的边界上，他们看到三个人，其中两个似乎正在激烈地扭打，第三个人脸朝下倒在地上。两名警员刚一靠近，正在扭打的其中一人叫得更大声了，语调中还带有些权威，说：'就在这里，伙计们，快来，正好，这畜生想溜！'

"可是那家伙似乎没有要溜的意思，他猛地一拉，从攻击他的人手中挣脱出来，但没有试图逃跑。这时警员们已经很快下了马，先前求救的人更镇静地继续说：'我是斯凯尔莫顿，这是我家的空地。我当时正和一位朋友在那边的凉亭里抽雪茄，听到有人大声讲话，接着听到一声大叫和呻吟。我赶忙跑下台阶，看到这个躺在地上的可怜家伙的肩胛骨上插着一把刀，而这个谋杀他的人，'他指着静静地站在旁边，被麦克诺特警员牢牢按住肩膀的那个人，继续说，'还蹲在受害者身上。我来得太晚了，受害者恐怕已经没救了，还好及时赶上跟这凶手搏斗——'

"'撒谎！'那个人粗暴的声音打断了他的话，'警员，不是我干的，我发誓不是我干的。我看到他倒下来……我是从好几百码远的地方过来的，想看这可怜的人是不是死了。我发誓不是我干的。'

"'先生，你得去跟探长解释了。'麦克诺特警员镇静地说。被指为凶手的那人虽然激动地辩称自己无辜，但还是被带走了，尸体也被送到了警察局，等待确认受害者的身份。

"第二天早上，报纸上到处都是这出惨剧的报道。《约克先驱报》的一个专栏和一半的版面都在讲亚瑟·斯凯尔莫顿爵士勇擒凶手的故事。可那凶手还是不断地辩称自己无罪，还幽默地开玩笑说，他知道自己处境不妙，但很容易就可以让自己脱罪。他已经向警方说了死者叫查尔斯·拉文达，是个很有名的赌马业者，这一点很快就得到了核实，因为这被杀的人有很多'兄弟'都还在城里。

"到这个时候，即使是最积极的报社记者也没法从警方那儿再挖出更多的消息了。不过除了被警方拘留的人，也就是自称乔治·希金斯的人，大家都相信那个抢劫杀害了赌马业者的罪犯就是他。法院将在谋杀案之后的下一个星期二开庭。

"亚瑟爵士不得不在约克郡多待几天，因为需要他提供证词，这使得约克郡与伦敦的'上流社会'对这个案子的兴趣更浓厚了，而且查尔斯·拉文达是赛马界的知名人物。但就算这古老的宗教城市的城墙下有炸弹爆炸也不比那天下午五点钟，像野火般传遍全城的消息更令市民震惊。消息说审讯部门在三点钟裁定这次犯罪是'某个或某些不明人士的蓄意谋杀'，两个小时之后，警方就到亚瑟·斯凯尔莫顿爵士的私人住宅'榆林屋'逮捕了他，并且以谋杀赌马业者查尔斯·拉文达的罪名起诉了他。"

2

"警方似乎凭直觉认为，赌马业者死了，而被认为是凶手的人却从容地辩称自己无辜，这其中必有蹊跷，因此警方费了很大工夫在开庭前搜了许多资料，希望在查尔斯·拉文达惨死前的生活中找出一些有用的东西。因此，许多证人被带到法医面前，当然，其中最主要的是亚瑟·斯凯尔莫顿爵士。

"首先被传唤的证人是那两位警员。他们作证说附近教堂钟声刚响过十一点，就听到求救的叫声，于是策马奔至声音的源头，发现嫌疑犯被亚瑟·斯凯尔莫顿爵士紧紧抓住，而爵士当时就指控那人谋杀，让警方抓住他。两位警员对事件的描述相同，对事件发生时间的描述也一致。

"医学报告证明死者是在走路时被人从背后刺进肩胛骨的，伤口是由一把大猎刀造成的，刀当时还插在伤口上。证物被呈上了法庭。

"后来传唤了亚瑟·斯凯尔莫顿爵士，他把已经告诉过警员们的话又完全重复了一遍。他说事情发生的那晚，他请了一些朋友一起晚餐，之后打桥牌，他自己没打多久，在十一点差几分的时候，他抽着雪茄去了花园后面的凉亭。然后就像他描述过的一样，他听到人的喊叫和呻吟并设法抓住了凶手，直到警员们过来。

"这时候，警方提议传唤一位名叫詹姆斯·泰瑞的证人。这人也是赌马业者，主要是他辨认了死者的身份，因为他是死者的'兄弟'。是他提供的证据最先让这案子引起轰动，在后来那位公爵之子以死罪被捕时达到高潮，搞得满城风雨。

"事情好像是这样的，爱博赛之后的那天晚上，泰瑞和拉文达在'黑天鹅酒店'的酒吧喝酒。

"'胡椒籽惨败让我赢了不少，'泰瑞解释说，'但可怜的老拉文达陷进去啦。他只下了小注赌胡椒籽会输，而且那天其他的比赛他也没捞到好处。我问他有没有和胡椒籽的主人下注，他告诉我只赢了一把，还不到五百英镑。

"'我笑着告诉他说即使他赢了五千英镑，也没什么区别，因为我从其他人那听来的消息说亚瑟·斯凯尔莫顿爵士自己也吃了亏。拉文达听了之后好像很恼火，发誓说就算别人在亚瑟爵士那一毛钱也拿不到，他也一定要从亚瑟爵士那儿拿到这五百英镑。

"'那是我今天唯一赢的钱，'他对我说，'我一定要拿到。'

"'你拿不到的。'我说。

"'我会的。'他说。

"'那你得看起来厉害点，'我说，'因为每个人都想拿回一点钱，先到先得。'

"'噢，他不会少我的，不用你操心！'拉文达笑着对我说，'如果他要赖账，我口袋里有东西会让他吓得坐起来，也会让夫人和约翰·艾提爵士看清楚他们可爱高贵的爵士的本来面目。'

"'然后他好像觉得自己讲得太多了，后来对这件事一个字也不肯多说。第二天，我在赛马场见到他。我问他拿到五百英镑没，他说："没有，但我今天一定要拿到。"'

"亚瑟·斯凯尔莫顿爵士陈述完证词就离开了法庭，因此我们不可能知道他对这些话是怎么想的，可是这些话透露出很重要的信息，那就是他与死者之间的联系，他对此绝口不提。

"詹姆斯·泰瑞在陪审团面前所说的话是不会变的，所以当警方告诉法医他们传唤乔治·希金斯本人上证人席，看看他的证词是否可以补充泰瑞的证词，陪审团立刻同意了。

"如果詹姆斯·泰瑞，那个大嗓门、红光满面、举止粗鄙的赌马业者不讨人喜欢，那么仍然以谋杀罪嫌疑被拘留的乔治·希金斯就更是一万倍地讨人嫌了。

"他脏兮兮的，没精打采、满脸谄媚的表情，又表现得粗鄙无礼，是那种总会出现在赛马场上，不用自己的才智，而是利用脑子不灵光的其他人谋生的小人。他把自己形容为赛马场佣金经纪人，无论什么交易都可以。

"他说，星期五晚上大约六点钟，赛马场上挤满了人，全都沉浸在当天的兴奋中。他自己站的地方正好离用来标示亚瑟·斯凯尔莫顿爵士家旁边空地的树篱笆很近。他解释说，花园后面稍微高出来的地方有个凉亭，在那里可以看到一群绅士淑女在喝茶聊天。几层台阶再下来一点就是对着赛马场的花园左边部分，他注意到亚瑟·斯凯尔莫顿爵士和查尔斯·拉文达站在台阶下讲话。他认出是这两位男士，但看不清楚，因为树篱笆将他们挡住了。他很确定他们两个没看到他，而他忍不住偷听了他们的部分谈话。

"'我就说这些，拉文达，'亚瑟爵士很平静地说，'我没有钱，现在不能给你。你必须等。'

"'等？我不等，'拉文达回答说，'我像你一样，也有诺言要兑现。你拿着我的五百英镑，而我却被别人贴上违约的标签，我不冒这个险。你最好现在就给我，否则——'

"可是亚瑟爵士非常镇定地打断他的话，说：'否则怎么样呀？老兄？'

"'要不然我会让约翰爵士好好看看这张你几年前给我的小借据。大人，如果你还记得的话，借据下头还有你亲笔签的约翰爵士的名字。或许约翰爵士，或是夫人，会因为这张小借据而给我一点钱。如果没给，我可以让警察瞄一眼这张借据。我的舌头够长，而且——'

"'你看，拉文达，'亚瑟爵士说，'你知道你玩的小把戏在法律上叫什么？'

"'我知道，可我不在乎，'拉文达说，'如果我拿不到那五百英镑，我就完蛋了。你要是让我完蛋，我也让你完蛋，大不了我们同归于尽。我就说到这儿。'

"他说得很大声，亚瑟爵士在凉亭里的几个朋友一定也都听到了。爵士本人一定也认为是这样，因为他很快就说：

"'如果你不把你该死的嘴闭上，我现在就控告你勒索。'

"'你不敢的！'拉文达笑了起来。这时候台阶顶端一位女士说：'你的茶要凉了。'爵士转身就走，可就在他离开之前，拉文达对他说：'我晚上还会来。你把钱准备好。'

"乔治·希金斯听到了这段有趣的对话后，就在想能不能把听到的话变成什么好处。他是个完全靠算计维生的家伙，这类消息就是他的主要收入来源。他行动的第一步，就是决定今天一直盯着拉文达。

"'拉文达去了黑天鹅酒店吃晚餐，'乔治·希金斯先生说，'我也稍微吃了一些东西，然后就一直在外头等他出来。大约十点钟的时候，我的辛苦总算有了回报。他要门房叫来一辆车，然后跳了上去。我没有听到他叫车夫去哪儿，可车显然是朝着赛马场去的。

"'现在，我对这桩小事很有兴趣，'证人说，'可是我没钱坐车。我开始跑。当然，我跟不上，可是我想我知道那位先生是要去哪儿。我直接跑向赛马场，跑向亚瑟·斯凯尔莫顿爵士家空地的树篱笆。

"'那天晚上，天已经黑了，还飘着一点儿毛毛雨。一百码以外就看不清楚了。忽然，我好像听到拉文达在远处大声说话，我急忙过去，忽然在大约五十码远的地方看到两个人影，黑暗中两个模糊的身影。

"'然后一个人影倒向前去，另一个不见了。我跑过去只看到被害人的尸体躺在地上。我蹲下去看这人还有没有救，马上就被亚瑟爵士从后面拉住了衣领。'

"你可以想象，"角落里的老人说，"法庭上那一刻会引起怎样的骚动。法医和陪审团一样，都屏住呼吸听着那个猥琐粗鄙的人说的每个字。你知道，那人的证词本身没什么价值，可是在他之前已经有了詹姆斯·泰瑞的证词，那这个人证词的重要性，更多的在于证实前一个证人的证词是否真实。即使被反复审讯，乔治·希金斯还是坚持原先的证词。说完证词之后，他仍然由警员收押，法庭传唤了下一位重要证人。

"上来的是琪普斯先生，亚瑟·斯凯尔莫顿爵士雇他做仆人有很长时间了。他说星期五晚上大约十点半，有个人乘车来到榆林屋，要求见亚瑟爵士。他告诉那家伙主人现在正在待客，他好像非常生气。

"'我向那家伙要名片,'琪普斯先生继续说,'因为我不清楚,主人阁下也许不一定想见他,可我还是让他站在门口,因为我一点儿也不喜欢他的样子。我把名片拿进去,主人阁下和他的客人们正在吸烟室里打牌,我不想打扰到主人,所以等到他们休息的间隙才把那这家伙的名片递上去。'

"'名片上写的是什么名字?'法医打断了他的话。

"'我现在说不上来,大人,'琪普斯先生回答,'我不太记得。是个我从没见过的名字。我在主人阁下的房间里见过各式各样的名片,但我没法记住所有的名字。'

"'那你等了几分钟,把名片给了爵士。然后呢?'

"'主人阁下好像一点儿也不高兴。'琪普斯先生非常谨慎地回答,'可是他最后说:"琪普斯,带他到书房去,我要见他。"然后他从牌桌旁站起来,对几位男士说,"你们继续打,别等我,我一两分钟就回来。"

"'我正要为主人阁下开门,夫人这时进了房间,然后主人阁下突然改了主意,对我说:"去告诉那个人我很忙,不能见他。"然后又上了牌桌。我走回大厅,告诉那家伙主人阁下不见他。他说:"噢,没关系。"然后似乎毫不在意就走了。'

"'你记不记得那时大概是几点钟?'一名陪审员问。

"'先生,我记得。在我等着跟主人阁下说话的时候,我看了看钟,当时是十点二十分,先生。'

"还有一件琪普斯在证词里提到过、和这案子有关联的重要事情，这在当时更是勾起了大家的好奇，后来却令警方更困惑。那把刀，就是刺死查尔斯·拉文达的那把刀，别忘了，那把刀当时还插在伤口上，现在被拿到了法庭上。琪普斯犹豫了一下，指认那把刀是他的主人亚瑟·斯凯尔莫顿爵士的东西。

"到这个时候，你还会奇怪为什么陪审团坚决不肯对乔治·希金斯做出判决吗？除了亚瑟·斯凯尔莫顿爵士的证词外，事实上没有任何对希金斯不利的证据，反而证人一个接一个被传唤后，在场的每个人都越来越怀疑凶手其实正是亚瑟·斯凯尔莫顿爵士自己。

"当然，那把刀是目前最有力的证据，而警方无疑也希望除了手上的线索，能搜集到更多的证据。因此，在陪审团慎重地将判决的目标指向某位不明人士后，警方马上拿到一张拘捕令，然后亚瑟·斯凯尔莫顿爵士便在他家被捕了。

"这当然很轰动。在爵士被带去见法官前好几个小时，法庭的通道就被挤得水泄不通。他的朋友，大部分是女士，全都急切地想看到这位时髦的上流人士落到何等地步。所有人都同情亚瑟夫人，她目前的健康状况不太稳定。大家都知道她很崇拜她不值一文的丈夫，难怪他最后犯的错伤透了她的心。爵士刚被捕，最新的《新闻快报》就说夫人快死了。她那时已经陷入昏迷，只能放弃一切救治的希望。

"终于，嫌疑犯被带进法庭。他看起来很苍白，但还是保持着一副出身高贵的绅士模样。他在律师马摩杜克·英格索爵士的陪同下走进来，律师显然在用一种令人欣慰的平和语调跟他说话。

"布查南先生代表财政部提出公诉，他的起诉书相当精彩。根据他的说法，只有一个结论，那就是现在坐在被告席上的人，因为一时情急，或是因为害怕，杀了以泄漏可能毁了他的社会名誉的隐私作为要挟勒索他的人。犯罪之后，他怕承担后果，或许觉得巡逻的警员可能会看到他逃走的样子，于是他利用当时在现场的乔治·希金斯，大声指控他谋杀。

"布查南先生结束了他具有说服力的讲话之后，开始传唤自己的证人，让他们在这第二轮庭审中把证词又说了一遍，这些话听上去更显得罪证确凿。

"马摩杜克爵士对检方证人没有问题要问，他只是透过金色边框的眼镜淡定地看着那些人。然后，他准备好传唤自己的辩方证人。第一位是麦金塔上校。谋杀案发生的那天晚上，他参加了亚瑟·斯凯尔莫顿爵士举办的单身晚宴。他的证词一开始和男仆琪普斯说的相吻合，即亚瑟爵士叫仆人把访客带到书房，他太太进到屋里，他又收回了命令。

"'上校，您不觉得奇怪吗？'布查南先生问，'亚瑟爵士为什么突然改变主意不见访客？'

"'嗯，并不奇怪。'上校说，这样一个优雅、阳刚、有军人气质的人站在证人席上，显得有些奇怪，'我觉得赌马的人认识一些不愿意让自己太太知道的人，这种事很常见。'

"'那你有没有想过，亚瑟·斯凯尔莫顿爵士有什么理由不想让他太太知道那个访客出现在家里？'

"'我完全没考虑过这事。'上校谨慎地回答。

"布查南先生没有再追问下去，让证人自己陈述。

"'我打完了我那局桥牌，'他说，'然后走到花园里抽雪茄。几分钟之后，亚瑟·斯凯尔莫顿爵士也过来了。我们坐在凉亭里，这时听到很大的，并且我觉得是威胁人的声音从树篱笆另一边传过来。

"'我没听清楚说了什么，但亚瑟爵士对我说："那儿好像有人在吵架，我去看看怎么回事。"我想劝他不要去，当然也不想跟他去，但还不到半分钟，我就听到一声大叫和呻吟，然后就是亚瑟爵士急忙从通往赛马场的木头台阶上往下跑的脚步声。'

"你可以想象，"角落里的老人说，"这位英伟的上校必须承受检察官严格的反复讯问，查出证词是否有站不住脚的地方，可他以军人的严谨和冷静，在全场沉默的情况下重复他重要的陈述，你能听到他的话都说到了点子上。

"他听到威胁声的时候，正和亚瑟·斯凯尔莫顿爵士坐在一起，然后传来叫声和呻吟；之后，才是亚瑟爵士步下台阶的声音。他自己也想要跟过去看是怎么回事，但天色很暗，他又不清楚地形。在找花园台阶的时候，他听到亚瑟爵士求救的叫声，巡逻警员坐骑的马蹄声，接下来就是亚瑟爵士、希金斯和警员之间发生的事情。等他终于找到台阶，亚瑟爵士回来了，想叫一名马夫去帮警员。

"这位证人坚持他的证词，就像对他一年前在贝克方登买到的爱枪一样，没有什么可以动摇他。马摩杜克爵士带着胜利的表情看着他的对手律师。

"在这位英伟上校的证词影响下，之前起诉的陈词当然站不住脚。你知道，没有任何证据能证明被告在死者来到榆林屋门的那段时间里见过他，跟他说过话。他告诉琪普斯他不见这位访客，而琪普斯直接回到大厅，把拉文达请出了门。被害人根本不会安排，也不可能暗示亚瑟爵士说他会绕到后门，想在那儿和他见面。

"亚瑟爵士的另外两位客人也信誓旦旦，说琪普斯进来报告有访客后，邀请他们的主人一直在牌桌旁，直到十点四十五分才出去，显然是到花园里去找麦金塔上校。马摩杜克最后的辩护尤其漂亮。他完全以亚瑟·斯凯尔莫顿爵士那天晚上请的客人的证词作为辩护的基础，把对被告的控诉搭建得如高塔般坚固的案子一点一点地瓦解。

"直到十点四十五分，亚瑟爵士都在玩牌，十五分钟之后，警察到了现场，谋杀案已经发生。这段时间里，麦金塔上校的证词确实能最终证明被告一直跟他坐在一起抽雪茄。因此，这位大律师结辩时说，事实再清楚不过了，他的当事人应该被完全无罪释放；而且，他觉得在证据如此不充分的情况下逮捕一位高贵的绅士，伤害了民众的感情，警方实在应该更谨慎些。

"当然，刀子的问题还在，可马摩杜克先生用他的雄辩之才将这个问题略过，把这个奇怪的问题归诸无法解释的巧合。最能干的警探都会因为这些巧合而大惑不解，让他们犯下难以宽恕的大错，就像在这本案中逮捕无辜的当事人一样。毕竟，那男仆也可能会搞错。刀的式样并非独一无二，而这位律师代表他的当事人，直接否认刀子属于他。"

"好啦！"角落里的老人带着他兴奋时特有的咯咯笑声继续说，"身份高贵的嫌疑犯被释放了。如果说他毫无污点地离开了法庭，或许有人会反对，因为我敢说按你的经验，你知道这宗被称为约克郡谜案的案子一直没有圆满告破。

"很多人想起这件案子，都会怀疑地摇头，毕竟有个证人曾经宣誓作证说杀死查尔斯·拉文达的刀是亚瑟爵士的；其他人则回头支持原先的推理，说乔治·希金斯才是凶手，他和詹姆斯·泰瑞两个人编了拉文达试图勒索亚瑟爵士的故事，还说谋杀的动机就是抢劫。

"就算这样，警方到今天还是没有能搜集到足够的证据将希金斯或泰瑞定罪，而不管是新闻界还是民众舆论，都已经把这桩罪案归到所谓的'无法侦破的谜案'中。"

3

角落里的老人又点了一杯牛奶，慢慢喝掉之后，他接着说：

"现在亚瑟爵士大部分时间都住在国外，"他说，"他可怜的、饱受折磨的妻子在他被法官释放后的第二天就死了。她一直都处在昏迷当中，都没能听到她深爱的丈夫最后获判无罪的好消息。

"谜案！"像是回应波莉的思绪一样，他接着说，"对我来说，这件谋杀案从来都不是谜案。我不明白警方怎么会如此盲目，检方和辩方的每位证人事实上一直都指向那有罪的人。你自己对这整件事情怎么看？"

"我觉得整个案子令人非常不解，"波莉答道，"我觉得案情中的每一点都不清楚。"

"你看不出来？"老人兴奋地说，瘦骨嶙峋的手指又开始玩那根必不可少的细绳，"有一点我看得很清楚，这是整件事情的关键，你看不出来吗？

"拉文达是被谋杀的，对吧？亚瑟爵士没有杀他，至少麦金塔上校无懈可击的证词可以证明他不可能犯下这桩谋杀案。可是……"他用缓慢而兴奋的强调语气继续说，每说一句话就打一个结，"可是他刻意把罪往一个显然也是无辜的人身上推，那这又是为什么？"

"他也许以为那个人确实有罪。"

"或是希望保护或掩饰他知道有罪的那个人逃亡。"

"我不明白。"

"想想看有谁，"他兴奋地说，"有谁会和亚瑟爵士一样，非常希望让损害他名声的丑闻消失？这个亚瑟爵士可能也不认识的人偷听到了乔治·希金斯对警方和法官提到的谈话，而琪普斯拿拉文达的名片进去给主人的时候，这个人有几分钟的时间和拉文达达成交易，答应会给他钱，这无疑是为了交换那张借据。"

"你指的不会是……"波莉几乎喘着气说。

"第一点，"他平静地打断她的话，"警方完全忽略了这一点。乔治·希金斯在证词里曾经说拉文达和亚瑟爵士谈得最激烈的时候，那赌马业者提高了音量威胁他，台阶顶端传来一个声音打断他们的谈话，说：'你的茶要凉了。'"

"没错——可是——"波莉想争辩。

"等一下，还有第二点。那是一位女士的声音。现在，我做了一件警方该做却没做的事。我到赛马场一边去看花园里的台阶，我觉得这些台阶是解决这案子非常重要的因素。我发现那是个大约十几步的矮台阶，查尔斯·拉文达那时提高声音讲的话，站在台阶顶端的人肯定每个字都听到了。"

"即便如此——"

"很好，你承认我说的没错，"他兴奋地说，"然后就是最最重要的一点，奇怪的是检方完全没想到。男仆琪普斯第一次告诉拉文达说亚瑟爵士不能见他的时候，他非常生气；然后琪普斯进去和他的主人讲话，几分钟后，当仆人再次告诉他说主人阁下不见他，他只说：'好吧。'好像对这事毫不在乎。

"所以，其间显然发生了什么事，改变了赌马业者的想法。那么，到底发生了什么呢？把所有证词都回忆一下，你会发现这个间隔内只发生了一件事，那就是亚瑟夫人进了房间。

"要进入吸烟室，她一定会经过大厅，也一定看到了拉文达。在那短短的时间里，她一定发现这人非常固执，所以对她丈夫来说是个活生生的威胁。要知道，女人有时会做一些奇怪的事，研究心理学的人认为，她们远比不苟言笑的男性更令人难以捉摸，后者从来都没有那么复杂。就像我前面推论的——其实警方也应该一直这样推论——如果不是要掩护有罪的那个人，为什么亚瑟爵士要故意指控一个无辜的人是谋杀犯呢？

"不要忘了，可能有人已经发现了亚瑟夫人；那个叫作乔治·希金斯的人可能在她逃走之前看到了她。这个人和警方的注意力，都必须被转移。于是亚瑟爵士出于盲目的冲动，要不惜任何代价救他的妻子。"

"她可能被麦金塔上校撞见。"波莉还在争辩。

"有可能，"他说，"谁知道呢？那位英勇的上校必须宣誓证明他朋友是无辜的。他的确可以凭着良心宣誓，作证之后他就没有责任了，因为没有无辜的人为真正的罪犯背黑锅。属于亚瑟爵士的刀子永远可以证明乔治·希金斯的无罪。有一阵子，大众都把矛头指向她丈夫；幸运的是，从来没有指向过她。可怜的她可能死于心碎。可是女人身处爱情中时，心里想到的只有一样，那就是深爱的人。

"对我来说，这件事从一开始就很清楚。当我读到命案的报道——'刀子！捅人！'哈！我对英国的罪案了解得够多了，马上就能确定，没有哪位英国'男人'会从背后捅人，不管是贫民区出来的无赖还是伯爵的儿子，都不会这么干。意大利人、法国人、西班牙人倒是会，而且如果容我夸张些的话，可以说大多数国家的女人也会这样。英国男人的直觉是打，而不是捅。乔治·希金斯或是亚瑟爵士可能把对手打晕，只有女人才会静静地等着敌人转过身去。她知道自己的弱点，肯定不想失手。

"想想看，我的推理滴水不漏，可警方却一直没想通——也许这桩案子又是这样。"

老人走了，留下波莉小姐依然看着照片里那个长相漂亮温柔的女人，她有着决断执着的嘴型，大而忧郁的眼睛里有一种无可名状的神情，这些让这个小记者觉得这桩赌马业者查尔斯·拉文达被杀的案子，虽然凶手的行为懦弱而且不道德，不过警方与公众一直都没搞清楚真相，实在是不幸中的万幸。

地铁里的神秘命案

1

理查德·弗罗比舍先生（《伦敦邮报》的记者）对这件事情大发脾气并不是没有原因。波莉完全不怪他。

她喜欢弗罗比舍毫不遮掩的坏脾气，觉得挺有男子汉气概，他所说所做都只是一种男性妒忌的表现，让她相当满足。

而且，波莉对整件事分明感到内疚。她答应了迪基（也就是理查德·弗罗比舍先生）两点整在皇宫剧院外头见面，因为她打算去看莫德·爱伦的午间演出，他本来是要跟波莉一块儿去的。

可是两点整时，她却还在诺福克街的咖啡店，啜着已经变凉的咖啡，而对面有一个怪老头正在把玩一根细绳。

她怎么还能记得莫德·爱伦或是皇宫剧院，或者因为这事想到迪基？角落里的老人已经开始讲起地铁里那件神秘的命案，波莉忘了时间，忘了自己在哪儿，也忘了自己还有事。

其实她今天很早就来吃午饭了，因为她挺期待下午那场皇宫剧院的演出。

她走进 A.B.C. 面包店时，那稻草人似的老人正坐在老位子上，可是他一直一言不发，小姑娘只好大嚼她的黄油司康饼。她想，这人多没礼貌啊，连个"早上好"也不说，这时老人突然冒出的话让她抬起头来。

"能不能请你，"他突然说，"描述一下刚才坐你旁边，就是你刚才喝咖啡、吃司康饼时，旁边坐着的那个人？"

波莉不情愿地转头看向远处的门，一个穿着薄外套的男人正快步从那扇门出去。波莉一开始坐下喝咖啡吃面包的时候，那个人确实坐在旁边那桌。刚才他吃完了拿来当午餐的东西，然后到柜台付完账就出去了。对波莉来说，这件事似乎再正常不过了。

所以她没有回答那粗鲁老人的话，只是耸耸肩，要女服务生拿账单来。

"你有没有印象？他是高还是矮，黑还是白？"这个角落里的老人继续说，丝毫没有被她的冷漠的态度所干扰，"你到底可不可以告诉我他的长相？"

"当然可以，"波莉不耐烦地说，"可是我不觉得描述这面包店里的一位顾客有什么用。"

他沉默了一会儿，紧张的手指在宽大的口袋里四处摸索，想找那根必不可少的细绳。当他终于找到了那个少不了的"思维辅助器"时，便又眯起眼看着她，不怀好意地继续说：

"不过假设这事情至关重要，你得精确地描述今天在你旁边坐了半个小时人的长相，你会怎么说呢？"

"我会说，他中等个头——"

"五英尺八英寸，还是九英寸，或者十英寸？"他平静地打断她的话。

"差一两英寸，我怎么看得出来？"波莉生气地回答，"他的肤色也是中间的颜色。"

"什么意思？"他温和地问。

"就是不黑也不白。他的鼻子——"

"好吧，他的鼻子是什么样的？你能大概画出来吗？"

"我又不是画家。他的鼻子很挺，眼睛——"

"颜色不深也不浅，头发也没有什么让人印象深刻的特别之处，身高不高也不矮，鼻子不是鹰钩鼻，也不算塌鼻子——"他讽刺地把波莉说的话概述了一遍。

"没错，"她反唇相讥道，"他看起来就是个长相普通的人。"

"比如说明天，如果把他丢到一堆不高也不矮、不黑也不白、不是鹰钩鼻也不是塌鼻子的人群里，你还能认出他吗？"

"我不知道，可能可以吧。他绝对不是相貌突出，让别人会特别记得他的人。"

"没错！"他一边说，身体一边激动地向前倾，像个从盒子里蹦出来的弹簧小丑，"完全正确！你是个记者，至少你自称自己是，观察描述别人应该是你工作的一部分。我不只是指有着明显撒克逊血统特征，漂亮的蓝眼睛、高贵的眉毛、古典的脸庞的人，我说的是普通人，那些可以代表他百分之九十同胞的普通人。就是一般的英国人，比如一般的中产阶级，不太高也不太矮，胡子的颜色不深也不浅，但遮住嘴巴，戴着一顶能把头型和眉毛都藏进去的大礼帽，事实上，这个人穿得像他无数同胞穿的一样，动作和说话也一样，没有什么特别的普通人。

"试着描述他，试着把他认出来，比如说从今天开始，花一星期把他从另外八十九个替身里指认出来；往坏里说，如果他正好犯了罪，你的指认就可以送他上绞架，你的宣誓作证就能让他送了命。

"试试看吧，我想，如果你无法做到这一点，你也许就能够理解，为什么这个罪大恶极的罪犯至今逍遥法外，为什么地铁谜案到现在还没有破。

"我想这是我这辈子唯一一次真的很想为警察指点迷津，让他们好好利用我的推理来解决这件事。你知道，虽然我很佩服这个头脑聪明的冷血杀手，可是我觉得他逍遥法外对任何人都没有好处。

"现在地铁和电车之类的交通工具很普遍，曾经号称'到城里和伦敦西区最好、最便宜又最快'的老路线往往空无一人，老旧的大都会铁路无论什么时候都不算太挤。不管怎样，当上个月，也就是三月十八日那列火车喷着蒸汽驶入阿尔盖特街这一站的时候，头等车厢里空荡荡的。

"列车员在月台上上下下检查每一节车厢，看看是否有人会留下半便士的报纸，自己可以拿来读。当他打开一个头等车厢的门时，发现一位女士坐在车厢另一头的角落里，头靠着窗户，她显然忘了阿尔盖特街是这条线的终点站。

"'您去哪儿，小姐？'他说。

"那位女士一动不动，于是列车员走进车厢，以为她可能睡着了。他轻轻碰了碰她的胳膊，看了一眼她的脸。用他自己的文绉绉的话来说，他当时整个人'目瞪口呆'。那位女士的眼珠如玻璃般无神，面如死灰，头部僵硬，肯定是死了。

"列车员赶紧小心地锁上车厢门，急忙叫来了两个搬运工，叫其中一个去警察局，派另一个去找车站的站长。

"还好每天这个时间列车月台不太挤，下午排的都是西向的列车。当侦探和两位警员跟穿着便衣的探长和一位医疗官到达现场、围在头等车厢边时，周围的一些人才意识到出了事，立刻好奇地围了过来。

"这事上了当天的晚报，标题耸人听闻，叫'地铁神秘自杀事件'。医疗官很快就下结论说列车员没有搞错，那女士确实去世了。

"那位女士很年轻，而且在惊慌和恐惧还没有严重扭曲她的五官前，一定非常漂亮。她的穿着打扮非常时髦，一些花边报纸竟然还为他们的女性读者详细描述了那位女士的衣服、鞋子、帽子、手套。

"她右手的手套似乎脱了一半，拇指和手腕都露在了外面。那只手还握着一个小提包，警方打开提包，试图找到有关死者身份证明，却只发现几个零散的银币，一瓶嗅盐，还有一个小空瓶。后来交给了医疗官去做分析检验了。

"正是这个小空瓶让地铁谜案是自杀案的传言扩散开来。可以确定的是，不管是那位女士身上，还是火车车厢表面，都没有半点挣扎或者抵抗的痕迹。只有那可怜女人的眼睛里露出的突如其来的惊恐，显示她遭遇了让她措手不及的突然死亡，整个过程可能只有一瞬间，可是在她的脸上却留下了难以磨灭的印记，否则那张脸该多么宁静祥和啊。

"死者的尸体被送到太平间。当然，到现在为止，还没有一个人能够认出她，或者为她的死亡之谜提供一点线索。

"一群闲着没事做的人——不管是不是真的感兴趣——借口说自己的亲戚朋友走失了，获准去看尸体。大约晚上八点三十分左右，一个穿着很讲究的年轻人乘着一辆有篷小马车来到警察局，把名片递交给警长。这个人是黑兹尔登先生，是个航运代理商，有两个地址，一个是东中区皇冠巷 11 号，另一个肯辛顿艾迪生街 19号。

"那个年轻人看起来一副心理备受折磨的可怜相，他紧张地抓着一份《圣詹姆斯报》，那张报纸登了那篇有人在地铁上遇难的新闻。他没有和警长说什么，只说一个他非常亲近的人那天晚上没有回家。

"直到半个小时之前，他还不怎么着急，看到报纸后，这才急了起来。报上很含糊地描述了那位死去的女士，但却让他深感恐惧。他跳上一辆马车来到这里，现在请求看一眼尸体，希望能消除他内心的恐惧。

"你当然知道接下来发生的事，"角落里的老人继续说，"那位年轻人的不幸遭遇实在令人同情。黑兹尔登先生指认出，太平间里躺在他面前的女人正是他的妻子。

"我说得有些夸张，"角落里的老人抬起头看着波莉，嘴角淡然而温和地笑着，哆嗦的手指头努力想在不停把玩的细绳上再打上一个结，"恐怕你会觉得你听的整个故事像篇廉价的小说，可是你得承认，而且你肯定也记得，那真是一个令人痛心的悲伤时刻。

"那天晚上，死者不幸的年轻丈夫并没有被问什么问题。事实上，他当时的状况也说不出什么有条有理的话。直到第二天在法医的调查下，一些事实才浮出水面，这些事实似乎暂时让围绕黑兹尔登太太死亡的谜团水落石出，可是后来却让这同一谜团变得更加扑朔迷离。

"第一个接受讯问的证人当然是黑兹尔登先生本人。当他站在法医面前，努力为这桩谜案提供线索时，我想每个人都很同情他。他和前一天一样穿着讲究，但看起像是大病了一场，而且很焦虑，连胡子都没刮，这无疑让他的脸上有了一种殚精竭虑、什么都顾不得的神情。

"他和死者结婚差不多有六年了，他们的婚姻生活一直很幸福。两人没有孩子。黑兹尔登太太身体一直健康，只是最近她得了轻微的感冒，一直由亚瑟·琼斯医生治疗。琼斯医生当时也在场，他一定会向法医和陪审团解释，黑兹尔登太太是否有可能患有会引起猝死的心脏病。

"法医当然体贴痛失妻子的丈夫。他十分委婉地问他想问的，也就是黑兹尔登太太最近的心理状况。黑兹尔登先生似乎不愿意谈这个问题，看来一定有人告诉过他有关他妻子包里小空瓶的事。

"'就我看来，的确有几次。'他终于勉强地承认道，'我太太有时候的确不太正常。她以前一直是很活泼开朗的，但最近我常看到她总在晚上发呆，像是在想些什么，而且她显然不愿意跟我说是什么。'

"法医还是坚持，追问小瓶子的事。

"'我知道，我知道，'年轻人沉重地短叹一声说道，'您的意思是——会不会自杀……我完全不了解，这件事好像太突然，太可怕了……她最近的确看起来无精打采，心事重重——但也不是一直是这样——昨天早上我上班的时候，她看起来又恢复正常了，我提议晚上去看戏。她很高兴，我能感觉得出来，她还告诉我她下午要去买点东西，拜访一些朋友。'

"'你知道她坐地铁是要去哪儿吗？'

"'嗯，这个我真的不知道。您知道，她可能想在贝克街站下车，走到邦德街买东西。不过，她有时候也会去圣保罗教堂广场上的一家店，如果这样的话，她就会买票去阿尔盖特街，可是我不确定。'

"'那么，黑兹尔登先生，'法医终于以一种非常温和的语气说，'你能不能尽量告诉我，你知不知道黑兹尔登太太的生活当中，有没有什么可以或多或少解释她精神抑郁的原因？她有没有经济困难让她苦恼？你曾经有没有不乐意她与某些朋友交往，其实，'法医又说，好像松了一口气，这个尴尬的时刻总算过去了，'你能不能给我一点线索，哪怕是一点点，可以确定我们的猜测，那就是您这位不幸的太太在一阵心情焦虑或精神错乱之下，可能会想结束自己的生命？'

"法庭上安静了好一阵子。大家都看得出黑兹尔登先生的内心正遭受道德质疑时的煎熬。他的脸色苍白虚弱，两次想开口说话，最后还是以别人几乎听不到的声音说：

"'没有，没有任何经济困难。我太太她自己有钱——她也没有挥霍的嗜好——'

"'也没有任何你曾经反对交往的朋友？'法医追问道。

"'没有，我没有反对过。'这个不幸的年轻人结结巴巴地说，显然很吃力。

"查案的时候我也在，"角落里的老人继续说着喝完了一杯牛奶，又叫了一杯，"我可以向你保证，就连当时在场的最笨的人都知道黑兹尔登先生在说谎。最笨的人也能明显看得出那不幸的女人不可能无缘无故就情绪抑郁，而且或许有第三个人比这位忧郁、遭受丧妻之痛的年轻鳏夫更能为他妻子怪异的猝死提供更多的线索。

"她的死显然变得更加扑朔迷离。你那时一定读过这案子的新闻，一定记得那两位医生提供的证词在民众中造成的骚动。亚瑟·琼斯医生是黑兹尔登太太的日常治疗医生，他最近刚治好她的微疾，也以专业的身份见过她。琼斯医生以充满同情的语气说黑兹尔登太太身上没有任何可能造成猝死的毛病。另外，他还协助地方医疗官安德鲁·桑顿先生验尸，他们得出的共同结论是：死亡是氢氰酸引起的心脏衰竭，但这种药是怎么进入她体内的，他们两个目前都无法解释。

"'那么，琼斯医生，死者是被氢氰酸毒死的，我的理解对吗？'

"'我是这样认为的。'医生回答道。

"'在她手提包里找到的小瓶子里有氢氰酸吗？'

"'当然，有过一点。'

"'你觉得那位女士是服了这药死的？'

"'很抱歉，我从来没有这个意思。黑兹尔登太太的确是被药毒死的，但究竟是谁干的，我们不知道，不过可以肯定的是毒药是以注射的方式进入她体内的，而不是吞下去的，因为在胃里没有发现任何毒药残留。'

"'是的，'医生又回答了法医的另一个问题，'注射之后很可能立刻死亡，比如几分钟之内，甚至三分钟之内。很可能身体急促地痉挛一下就死了，甚至连痉挛都没有。这种情况下的死亡是绝对突然而且迅速的。'

"我觉得当时在法庭上没有人真正明白医生的这番话有多重

要。顺便说一句，他证词的细节都被负责验尸的地方医疗官逐条确认了。黑兹尔登太太是因为被注射进氢氰酸猝死的，但没人知道是怎么注射进去或是什么时候注射的。她搭乘头等车厢的时候正是白天的高峰期。这位年轻高雅的女士得多么大胆和镇静，才能当着大概两三个人的面将致命的毒药注入自己的身体。

"请注意，我刚才说那时没有人意识到医生的证词有多重要，我其实说错了；其实有三个人完全清楚情况的严重性，也看出整个案子要开始向着惊人的方向发展。

"当然，我不能够把自己也算在内，"这位古怪的老头说，他有一种独一无二的自我表扬的天赋，"我想当时警察的办案方向错了，他们会一直错下去，直到这桩地铁神秘命案和其他一直以来被错办的案子一起被遗忘。

"我说当时有三个人意识到了那两个法医的判断很重要。另两个人，一个是一开始检查地铁车厢的侦探，他是一个精力旺盛的年轻人，有一些误打误撞的小聪明，还有一个就是黑兹尔登先生。

"就在这个时候发生了一件非常有趣的事，这是从黑兹尔登夫人的女仆埃玛·芬内尔那里了解到的。照那时的情况看，她是最后一个见到不幸的死者还活着的人，并且和她说过话。

"'黑兹尔登夫人在家里吃了午饭，'埃玛很羞涩，说话的声音像耳语一样，'她看上去好好的，也很高兴。她大概是下午三点三十分左右出的门，告诉我她要去圣保罗大教堂旁边的斯宾塞商店试试她新做的礼服。黑兹尔登夫人本来打算早上去的，但埃林

顿先生到访让她没去成。'

"'埃林顿先生?'陪审员随便一问,'谁是埃林顿先生?'

"但是,埃玛却觉得这很难解释,'埃林顿先生——就是——埃林顿先生。'埃林顿先生是他们家的一位朋友。他住在阿尔伯特宅邸的一座公寓里,经常到艾迪生路做客,而且通常待得很晚。

"在反复询问下,埃玛终于说出,最近黑兹尔登夫人和埃林顿先生几次出去看戏,他们一起出去的那些晚上,黑兹尔登先生都会闷闷不乐,甚至是很生气。

"问话又转到年轻的鳏夫那儿,他反常地默不作声,很勉强地回答问题。法医显然十分满意,因为只轻松地问了十五分钟的问题,他就从证人那里得到了他所需要的信息。

"埃林顿先生是他妻子的一个朋友。黑兹尔登先生从各方面来讲都称得上是位绅士,似乎生活得很惬意。他自己并不特别在意埃林顿先生,而且肯定没有派人就这事监视妻子。

"'但谁是埃林顿先生?'法医又问了一次,'他是干什么的?他做什么生意的,或者说职业是什么?'

"'他不做生意也不上班。'

"'那他的职业呢?'

"'他没有固定的职业,他很有钱。但他有个特别的嗜好,很专注。'

"'那是什么?'

"'他把所有的时间都花在化学实验上。我相信,就一个业余人士来说，他算得上是个非同寻常的毒理专家。'"

2

"你有没有见过埃林顿先生这位和地铁神秘死亡案关系非常密切的人？"角落里的老人一边问一边把两三张快照照片放在波莉·伯顿小姐的面前。

"这就是他，很真实的照片。长得挺帅，长相讨人喜欢，可是很普通，非常普通。就是因为没有任何特色，埃林顿先生差一点就被送上绞刑架了。我可能说得太快了，让你糊涂了。

"当然，大家一直都不明白埃林顿先生是怎么跟这件事扯上的。这位出入于高斯维洛阿尔伯特宅邸和其他花花公子俱乐部的有钱的单身汉，某一天发现自己竟然站在弓箭街的法官前，被指控和玛丽·碧翠丝·黑兹尔登的死亡有关，后者住在艾迪生街19号。

"我可以向你保证，新闻界和大众都被吓得不轻。你知道埃林顿先生是个名流，在伦敦上流社会的某些团体里很受欢迎。在剧院、赛马场、运动场和保守党总部都是常客，有很多朋友，所以那天早上的治安法庭来了一大群人。

"事情是这样发展的，零零碎碎的证词被摆上台面之后，有两位先生认为他们对国家和社会大众有责任，于是挺身而出，愿意尽他们所能地为地铁谜案尽些力。

"警方一开始当然认为他们提供的信息来得有些晚，事实上确实如此，但事实也证明这些信息至关重要，而且这两位先生无疑是社会上颇有声望的人物，他们庆幸自己能得到这些消息，也马上据此采取了行动。他们也以谋杀罪把埃林顿先生告上法庭。

"那天我初次在法庭上见到被告的时候，他面色苍白，神情忧郁，这其实没有什么好奇怪的，想想看他当时糟糕的处境就知道了。

"他是在法国马赛被捕的，他本来打算从那儿去科伦坡。

"我想他刚开始并不了解自己的处境有多危险，直到后来听到所有和逮捕他的原因有关的证词，还有埃玛·芬内尔又重述了一遍她的证词，说埃林顿先生早上来到艾迪生街19号，而黑兹尔登太太下午三点三十分出门去圣保罗要到教堂广场。

"黑兹尔登先生对跟法医讯问时所说的话没有任何补充。他最后见到他太太是在案发的那天早晨，那时她还活着，看起来身体没问题，而且很开心。

"我想在场的人都明白，他尽量不把他死去的妻子的名字和被告的名字联系在一起。

"可是，仆人的证词无疑揭露出了真相。年轻貌美，又喜欢被别人赞美的黑兹尔登太太曾经不止一次因为和埃林顿先生天真且公开的调情而激怒了她的丈夫。

"我想，每个人都对黑兹尔登先生温文尔雅、不卑不亢的态度印象深刻。在这堆照片里，你看，那就是他在法庭上的样子，他虽然穿了一身深黑色的衣服，但绝无故作忧伤之嫌。他最近蓄起了胡须，而且修剪得一丝不苟。

"他说完证词之后，那天的高潮出现了。一位高大的、全身上下仿佛写满了'责任'的黑发男士亲吻过《圣经》后，准备讲述一段真相，并保证毫不掺假。

"他说他的名字是安德鲁·坎贝尔，是思罗格莫顿街坎贝尔证券公司的老板。

"三月十八日下午，坎贝尔先生也搭乘地铁出门，他注意到同车厢里有一位漂亮的女人。她问他这车是不是要去阿尔盖特街，不知道自己坐对了没有。坎贝尔先生给了肯定的回答后就埋头看晚报上的证券交易行情了。

"到了高尔街那一站，同节车厢上来一位穿着花呢西装、头戴圆顶礼帽的先生，他在那位女士对面坐下。

"看到他，那位女士似乎很惊讶，可是安德鲁·坎贝尔先生记不起来她到底说了什么。

"那两个人谈了很多，那位女士显得兴致勃勃。而这位证人没有注意他们说了些什么，正全神贯注于计算交易，最后他在菲林顿街下了火车。他注意到那穿花呢西装的男人跟女士握手，高兴地说：'再会，今晚别迟到了。'其中'再会'是用法语说的。随后那个人也下了车。坎贝尔先生没听到女士的回答，那位男士很快就消失在人潮中。

"每个人都焦急地等着那令人激动的时刻到来，等着证人描述并且指认出那位女士最后见到且交谈过的男子，也许就是在这五分钟内，她莫名其妙地死了。

"在那苏格兰券商还没说话以前，我就明白接下来会发生什么。我把他对嫌疑犯的详细描述记了下来。这样的描述同样可以套在刚才坐在那张桌子吃午饭的男人身上；你随便说十个英国男人，就有五个符合他的描述。

"那个人身高中等，胡须颜色不太深也不太浅，头发是中间色，穿着花呢西装，戴圆顶礼帽——还有——还有——就这些了吧——坎贝尔先生若是再见到他，可能认得，也可能不认得——他没怎么注意那位和他坐在车厢同一边的男士。而且那人一直戴着帽子，坎贝尔又忙着看报纸，对，他可能会认出他，可是他其实也不能确定。

"你也许会说，安德鲁·坎贝尔先生的证词没什么太大的价值。它本身是没什么价值，要不是有罗德尼彩印公司的经理詹姆斯·弗纳先生的证词补充，坎贝尔的证词根本不足以作为逮捕任何人的依据。

"弗纳先生是安德鲁·坎贝尔先生的私交。事情似乎是这样的，他在菲林顿街等火车，看到坎贝尔先生从一节头等车厢里下来。弗纳先生和他聊了聊，火车就要开了，他才踏进刚才坎贝尔先生和穿花呢西装男士坐过的那节车厢。他模糊地记得有位女士坐在他对面角落里，脸转向另外一边，显然在睡觉，不过他也没有特别留意她。他就像所有生意人一样，坐车时聚精会神地看报纸。他对一篇交易行情的报道感兴趣，想要记下来，于是从背心口袋里掏出一支铅笔，看到地上有一张干净的名片，于是捡起来把内容记在上面，随后便将名片塞进了口袋。

"'两三天之后，'弗纳先生在一片令人屏息的沉默中继续说，'我才有机会去看我当时记下来的东西。

"'那时报纸上已经全是地铁神秘命案的报道，我觉得那些相关人士的姓名有些眼熟，所以，当我看到我无意中在火车车厢里捡到的名片上写的名字是"法兰克·埃林顿"时，我吓了一大跳。'

"毫无疑问，这时法庭上出现的骚动几乎是空前的。自从芬彻奇街谜案发生，审判斯梅瑟斯特之后，我就没见过这样的场面。提醒你一下，我自己并不激动，我那时已经对案件的所有细节了如指掌，简直就像是我自己犯的案子一样。不过，就算真是我自己去做，也不见得会比凶手更高明，虽然我研究了好几年的犯罪学，但也比不上凶手。法庭上有好些人——多半是埃林顿的朋友——都觉得他死定了。我想他自己也是这样想的，因为我看到他脸色惨白，而且拼命地舔嘴唇，好像嘴唇干裂得厉害似的。

"你知道他当时真是进退维谷，因为他根本没法提出不在场证明。那件案子，如果埃林顿真的是罪犯的话，也是三个星期以前的事了。一个像法兰克·埃林顿这样的公子哥儿可能会记得他某天下午在俱乐部里或是运动场上待了几个小时，可是要找一个能够发誓肯定在那天见过他的朋友，十有八九找不到。不妙啊不妙！埃林顿先生已经走投无路，他自己也清楚这一点。你看，除了这证据之外，还有两三件事对他也很不利。首先是在他对毒理学的爱好。警方在他房里找到品种齐全的有毒物质，其中就有氢氰酸。

"还有，他去马赛，准备从那启程去科伦坡，这本来没什么，但倒霉的是埃林顿先生漫无目的地的随兴旅行却被公众认为是畏罪逃亡。不过，亚瑟·英格伍德爵士这次又代表他的当事人展现出极其出色的辩护技巧，把几个证人搅得阵脚大乱。

"这位聪明的律师，首先让安德鲁·坎贝尔先生承认他无法确定穿花呢西装的男人就是被告，经过二十分钟的反复询问之后，证券商终于沉不住气，他承认有可能连自己公司的年轻职员都认不出来。

"不过，虽然坎贝尔先生狼狈不堪又气得要命，但他有一件事还是可以很确定，那就是直到穿花呢西装的男人跟那位女士握手，愉快地说'再会，今晚别迟到了'之前，那位女士还是活着的，而且很开心。他没听到任何尖叫或挣扎的声音，所以他认为如果穿花呢西装的男人真的替那女人注射了毒药，她一定知情而且是自愿的，可火车上那女人的模样或说话的样子怎么看都不像准备好要突然惨死。

"詹姆斯·弗纳先生发誓说从坎贝尔先生下车那一刻到他进入车厢的那段时间里，他就站在那儿，能看到整个车厢的情况，而且菲林顿街和阿尔盖特两站之间没有任何人上车，至于那位女士，他敢担保她在整个行程中都没动过。

"多亏了他的律师，聪明的亚瑟·英格伍德爵士，"角落里的老人露出他惯常的招牌式冷笑，继续说，"法兰克·埃林顿先生并没有以死罪接受审判。他完全否认自己是穿花呢西装的人，而且发誓案发当天上午十一点以后，他就再没有见过黑兹尔登太太了。不过他也拿不出什么证据。而且，根据坎贝尔先生的观点，那穿花呢西装的人很可能不是凶手。照常识推理，一个女人不可能被打了一剂致命的毒药后浑然不觉，还和他愉快地攀谈。

　　"埃林顿先生现在住在国外，就要结婚了。我想他真正的朋友没有人会相信他会犯下这起卑鄙的罪案。警方却认为他们了解得更清楚。他们的确搞清楚了这不可能是自杀案，也知道命案那天下午和黑兹尔登太太一起坐火车的人如果是清白的，心里没鬼，早就会现身，尽他所能提供有关命案的线索。

　　"但那人是谁，警方毫无头绪。在深信埃林顿有罪的情况下，他们竭尽全力把前几个月的时间都花在寻找更多、更有力，可以证明他有罪的证据上。可是他们不可能找得到，因为根本就没有这些证据。警方也没有找到证据可以将真正的凶手绳之以法，这凶手是个聪明绝顶的混蛋，把一切都考虑到了，预见了所有可能性，而且也很了解人性，能预测什么证据会对他不利，他可以据此行事。

　　"这个混蛋一开始就把法兰克·埃林顿的体型和性格记好。法兰克·埃林顿是这恶棍对警方用的障眼法，你得承认，他试图把警方搞得晕头转向的计谋成功了，让他们甚至完全忽略了坎贝尔先生无意中听到的一小句话，这当然是整个案件的关键，也是那老奸巨猾的混蛋的唯一失误——'再会，今晚别迟到了。'——黑兹尔登太太那天晚上本来打算和她丈夫去看戏……

"你觉得意外吗？"他耸耸肩又说，"你还没看到真正的悲剧呢，不像我，早就看清楚了整件事。那位轻浮的妻子，和朋友调情？都是障眼法，都是借口。我做了警方本应该立刻就该做的事情，去查黑兹尔登家的经济状况。十个案子里有九个的主要原因都是钱。

"我发现玛丽·碧翠丝·黑兹尔登的遗嘱被她的丈夫，也就是唯一能使遗嘱生效的人查验过，这笔财产有一万五千英镑。我还发现在和这位肯辛顿富有的建筑商的女儿结婚前，爱德华·肖尔托·黑兹尔登只是个航运代理公司里的穷职员。还有，自从他的太太死后，这个郁郁寡欢的丈夫开始蓄须。

"毫无疑问，他是个聪明的混蛋。"那古怪的老人继续说，他的身体激动地靠着桌子，盯着波莉的脸，"你知道那致命的毒药是怎么被注射进那可怜女人身体的吗？用最简单的方法，南欧的混混们都知道。戒指！没错，用戒指！那里面有一根空心的针，可以装进足够杀死两个人的氢氰酸，何况是一个人。穿花呢西装的男人曾和他漂亮的女伴握手，她很可能没感觉到针刺感，最起码没痛到让她尖叫。请注意，凭那混蛋和埃林顿的关系，他拿到需要的毒药并不难，更不要说名片了。我们无法知道他到底是在几个月前就开始模仿法兰克·埃林顿的穿着、胡须的修剪式样和仪态的，他的变化可能非常缓慢，慢到连他的仆人都没注意到。他选中了身高体型和他差不多，还有同样发色的人作为模仿对象。"

"可是这很冒险，因为他可能被同行的其他旅客认出来。"波莉说道。

"没错，这种风险肯定有。可他选择了冒险，真是聪明。他想过，那个全神贯注看报纸的生意人要是真的再碰到他，怎么都是命案发生好几天以后的事了。犯罪成功的最大秘诀就是洞悉人性。"角落里的老人开始找他的帽子和外套，"爱德华·黑兹尔登非常清楚。"

"可是那个戒指呢？"

"他可能度蜜月的时候就买好了，"他冷酷地咯咯笑着说，"这悲剧不是一个星期就酝酿好的，这个计划可能花了好几年，等时机成熟。不过你得承认，这个可怕的坏蛋依然逍遥法外，我留给你的照片里有一张是一年前照的，也有现在照的。你能看到他又把胡子剃掉了，胡须也是。我想他现在应该是安德鲁·坎贝尔先生的朋友了。"

他留下满腹怀疑、不知道该相信什么的波莉·伯顿。

这也就是为什么那天下午，她与《伦敦邮报》记者理查德·弗罗比舍先生相约去皇宫剧院看莫德·爱伦的舞蹈，后来却失约的原因。

利物浦谜案

1

"头衔，我的意思是外国头衔在诈骗上永远都是非常有用的。"有一天，角落里的老人对波莉说，"最近在维也纳发生了几起非常高明的诈骗案，犯案的是一个自封为西摩爵士的人；我们这儿同类的骗子一般会称自己是伯爵，总是喜欢用'欧'作为名字的结尾，要不就说自己是哪一国的亲王，名字以'欧夫'结尾。"

"还好我们这里的酒店老板和旅馆管理员，"她回答道，"越来越注意外国骗子的作案方式。他们把每一个英文说得不好、有头衔的'贵族'都看作是可能的骗子或小偷。"

"结果有时却把到我国来访的货真价实的贵族们惹得非常不愉快。"角落里的老人回答，"就拿赛米欧尼兹亲王的案子来说吧，他在德国哥达登记的领地有十六处，带的家当足够付他所用的那些酒店房间至少一周的住宿费。他的一个镶着钻石和绿松石的金烟盒被偷了，也根本不当回事，一点儿没有想找回来。而就是这样的一个人，当他那个个子矮小、举止粗俗的法国秘书代表和一个男仆一起到利物浦西北酒店订豪华套间时，经理却对他抱有怀疑的态度。

"当然，这种怀疑毫无根据。因为这个小秘书阿尔伯特·兰伯特一等到赛米欧尼兹亲王抵达，就在经理那儿寄存了一大沓钞票、银行支票和债券。就算这位贵族挥金如土，寄存的这些财产也会比最后的账单多十倍以上。兰伯特先生还解释说亲王要去芝加哥拜访他的姐姐安娜·赛米欧尼兹公主——后者嫁给了铜矿大王和千万富翁葛维先生，因此只想顺路在利物浦住几天。

"不过，就像我之前告诉过你的，即使他有这些实实在在的证券，大多数跟这位富有的俄罗斯亲王有商业接触的利物浦人还是心存疑虑。他在西北酒店住了两天后，就叫秘书到邦德街的温瓦珠宝店去，请他们派一个代表，带一些上好的珠宝去酒店，主要是钻石和珍珠，他想给他在芝加哥的姐姐挑一件礼物。

"温斯洛先生向阿尔伯特愉快地鞠了一躬，恭敬地答应下来，之后就到里面的办公室和他的合伙人瓦萨尔先生商量最好的处理办法。他们两位都很想做成这笔交易，因为近来生意萧条，他们都不想丢了这个可能的客户，也都不想得罪西北酒店的经理佩蒂特先生，就是他把这家店介绍给亲王的。可是那个外国头衔和粗俗的法国小秘书又让这两位骄傲的利物浦珠宝商如鲠在喉，于是他们一致决定：首先，必须付现金。其次，如果亲王用支票甚至用银行汇票付款，那就要等到支票或汇票兑现了，才能交货。

"接下来的问题是应该由谁带着珠宝到酒店去。要这两个资深合伙人去跑腿完全不符合商业惯例；而且，他们都觉得如果找个职员去，更容易向亲王解释要等到支票或汇票兑现之后才能交货的事，也不至于冒犯亲王。

"下一个问题是会面时很可能必须用外语交谈。他们的第一助手查尔斯·尼达姆在温瓦公司工作已经超过十二年了，他是个土生土长的英国人，除了英语外，对其他语言一窍不通。因此，他们决定派施瓦兹先生去跑这趟让人棘手的腿。施瓦兹先生是个德国青年，刚刚到英国。

"施瓦兹先生其实是温斯洛先生的外甥和教子，因为温斯洛先生的一位姐姐嫁给了德国一家大企业的老板，也就是施瓦兹银器公司，该公司在汉堡和柏林都有分店。

"这位年轻人很快就赢得了他舅舅的喜爱，因为温斯洛先生没有孩子，大家都认定他是温斯洛先生的继承人。

"起初，要让施瓦兹先生带这么多价值不菲的珠宝，独自去一个他还没时间完全熟悉的城市出差，瓦萨尔先生还是有些犹豫的，可是后来还是被他的高级合伙人温斯洛先生说服了。他们挑好了总值超过一万六千英镑的精品，有项链、垂饰、手镯和戒指，然后要施瓦兹先生第二天下午大约三点钟坐出租马车送到西北酒店。第二天是星期四，施瓦兹先生照吩咐做了。

"那天珠宝店的生意照常由第一助手打理。直到大概是晚上七点钟，温斯洛先生从俱乐部回来——他每天下午都会在那儿看一个小时的报纸，他回来以后立刻问起他的外甥。让他吃惊的是，尼达姆先生告诉他施瓦兹先生还没回来。这似乎有点奇怪，温斯洛先生露出了略有些担忧的神情，他走进里面的办公室去问他的合伙人。瓦萨尔先生提议去饭店走一趟，问问佩蒂特先生。

"'我自己也开始着急了，'他说，'可是不太敢讲出来。我回店里已经半个多小时了，每时每刻都希望你快点回来，你也许能告诉我一些让我放心的消息。我以为你可能碰到施瓦兹先生，会和他一块儿回来。'

"但瓦萨尔先生去了大酒店，问了大厅的服务员。那个服务员记得很清楚，施瓦兹先生的确递上了名片，要人去通报赛米欧尼兹亲王。

"'是什么时候的事？'瓦萨尔先生问他。

"'他来的时候大约是三点十分，先生，大概半个小时以后他就走了。'

"'他走了？'瓦萨尔喘着气说。

"'是的，先生。施瓦兹先生大概在三点四十五分离开的，先生。'

"'你确定吗？'

"'很确定。他离开的时候佩蒂特先生正好在大厅里，佩蒂特先生还问了他一些生意上的事。施瓦兹先生笑着说："还不赖。"我希望没有什么事情不对劲吧？先生。'那个人补充说道。

"'噢，呃，没事……谢谢你。我可以见一下佩蒂特先生吗？'

"'当然可以，先生。'

"酒店经理佩蒂特先生听说那位德国青年还没回家，马上也和瓦萨尔先生一样焦急起来。

"'四点之前，我还跟他说了会儿话。那时我们刚开灯，冬天都是在这个时候开灯的。不过，瓦萨尔先生，我觉得也不必太担心，那个年轻人可能在回家路上顺便办别的事去了。也许你回去时就可以见到他了。'

"这番话显然瓦萨尔先生放心了一些，他谢过佩蒂特先生后就匆匆赶回店里。可发现施瓦兹先生还没回来，而这时已经快八点了。

"温斯洛先生看起来又郁闷又憔悴，现在如果责怪他的话那实在是太残忍了，即使只是试探性地告诉他说年轻的施瓦兹可能带着一万六千英镑的珠宝和钞票永远消失了，他都可能承受不了。

"另外还有一线希望，不过在当时的情况下，那种可能性很低。温斯洛先生的私人宅邸在城尾的伯肯黑德，年轻的施瓦兹自从到了利物浦后就住在他家，他也许因为身体不舒服或其他原因，说不定没有回店，而是直接回了家。其实这几乎不可能，因为贵重珠宝从来都不放在他的私人宅邸里，但还是有那么一点可能会这样吧。"

角落里的老人继续说："我不想告诉你后来温斯洛先生和瓦萨尔先生对那个失踪的年轻人有多焦急，因为实在没有什么用，而且一定很无聊。我只要说这些就够了：温斯洛先生回到家之后，发现他的教子还是没回来，也没有给他发电报。

"温斯洛先生不想吓着自己的太太，于是硬着头皮把饭吃下去。不过一吃完，他就立刻回到西北酒店，要求拜见赛米欧尼兹亲王。亲王和秘书到剧院看戏去了，可能要到半夜才会回来。

"温斯洛先生这时已经六神无主，不知如何是好，他觉得如果把外甥失踪的事公之于众，那就太可怕了，他觉得去警察局，跟警官报案是他的责任。这类事情在像利物浦这样的大城市传播的如此迅速，真让人觉得不可思议。第二天早报上全是这条新闻：'著名商人神秘失踪'。

"温斯洛先生在早餐桌上看到一份登有这件特大新闻的报纸，报纸旁放着一封写给他的信。是他外甥的笔迹，信是从利物浦寄出的。

"温斯洛先生把这封外甥写给他的信交给了警方，于是信里的内容很快也就人尽皆知了。施瓦兹先生在信里写的那些令人吃惊的内容，打破了利物浦往日的宁静，这样骇人听闻的事情在这里是很少有的。

"事情似乎是这样的：十二月十日星期四下午三点十五分，这个年轻人确实带了总价值达一万六千英镑的一大袋珠宝去见赛米欧尼兹亲王。亲王很高兴，最后挑了一条项链、一个坠子、一副手镯，按施瓦兹先生算出来的总价，是一万零五百英镑。赛米欧尼兹亲王显得很爽快，颇有商人的派头。

"'当然，你们希望马上付款，'他的英文说得非常好，'我知道你们生意人情愿要现钞而不要支票，跟外国人做生意的时候更是如此，所以我身边一向准备好许多英格兰银行的钞票，'他微笑着继续说，'因为一万零五百英镑的黄金携带起来不太方便。如果你方便开收据的话，我的秘书兰伯特会和你办妥交易的所有细节。'

　　"他随即把挑好的珠宝锁进珠宝箱，施瓦兹先生瞟了一眼，只看到箱子上的银配饰。纸和墨水准备好了，年轻的珠宝商开出收据和价格表，与此同时，亲王的秘书兰伯特当着他的面数好一百零五张发出脆响的英格兰银行百元大钞。最后，施瓦兹先生向那位举止温文尔雅，而且显然很满意的客户鞠了躬，之后他就离开了酒店。他在大厅遇到佩蒂特先生，聊了几句，就走出酒店，到了街上。

　　"他刚刚离开酒店，正准备穿过马路到圣乔治厅去，一位穿着华丽的毛皮大衣的男士，从一部停在路边的马车里迅速跳了出来，轻轻地拍了拍他的肩膀，并递给他一张名片，用一种不容置疑的语气说：

　　"'这是我的名字。我必须马上和你谈谈。'

　　"施瓦兹就着头顶上弧形路灯的灯光看了一眼名片上的名字：'迪米特里·史拉维亚斯基·伯格伦涅夫，沙皇俄国皇家警察处第三科'。

　　"这个名字很拗口，而且那个头衔显赫的男士指向他刚下来的马车，这让施瓦兹对酒店那位亲王顾客原先的所有怀疑全又浮起来了。他抓紧他的包，乖乖地跟着这位威风的人走。等他们在马车上坐稳，那人开始用错误百出、但很流利的英语向他客气地表示歉意：

"'先生，我必须请你原谅，占用了你宝贵的时间，可是如果不是因为在某件事上我们的利害关系一致，我肯定不会这样做。就这件事情，我们两个都希望能想个聪明的办法来对付这个狡猾的恶棍。'

"施瓦兹先生不由得忧心忡忡，不自觉地摸向他的小皮夹，里面鼓鼓囊囊地装着刚从亲王那收到的现钞。

"'噢，我明白了，'礼貌的俄国人笑着说，'他利用你的信心，还有这么多所谓的钞票要了你一次。'

"'所谓的？'可怜的年轻人快喘不过气来了。

"'我想我一般对自己的同胞估计很清楚，不会出错。'伯格伦涅夫继续说，'你要知道，我经验丰富。所以，即使我没有经手你钱包里脆响的钞票，我也敢说没有银行肯用黄金来换这些钞票，我想我的说法对于这个——呃，他管自己叫什么来着？什么亲王——绝对是公平的。'

"施瓦兹先生想起了他的舅舅，还有自己之前的疑虑，不禁骂自己盲目而且愚蠢，这么容易就收了这些钱，一点儿也没想到它们可能是假的，如今，所有的怀疑都让他警觉起来，他哆哆嗦嗦地用手指摸着这些钞票，而那个泰然自若的俄国人镇定地划亮了一根火柴。

"'看这里,'俄国人指着一张钞票说,'银行总出纳签名里的"w"。我不是英国警察,可是我可以在无数的真钞里分辨出假的"w"来,要知道,这种情况我见得实在太多了。'

"当然,这个可怜的年轻人施瓦兹没见过多少张英格兰银行的钞票。他分不出来博文先生签名里的'w'和别的'w'有什么区别,但是,虽然他的英文讲得没有那个泰然自若、举止浮夸的俄国人流利,他却听得懂俄国人刚才那番骇人听闻的话中的每个单词。

"'那么这个在酒店的亲王是……'他说。

"'亲爱的先生,他跟你我一样,都不是什么亲王。'这个来自沙皇陛下的警察镇静地说。

"'那珠宝呢?温斯洛先生的珠宝呢?'

"'珠宝嘛,也许还有希望,噢,其实希望也不大。这些你绝对信任并收下的伪钞,也许可以当成拿回你东西的工具。'

"'怎么拿回来?'

"'制造和使用伪钞是重罪,你知道的。对七年劳役的恐惧会让这个,呃,亲王的快乐情绪平静下来。他肯定会乖乖地把珠宝交给我,你不用怕。他很清楚,'这位俄国警官冷酷地说,'即使不算这些伪钞,我们也有很多老账要算。所以,你该明白我们的利害关系是一致的。我想问你愿意跟我合作吗?'

"'噢,你要我怎么做,我就怎么做。'这个德国青年高兴地

说，'温斯洛先生和瓦萨尔先生信任我，而我却蠢得很，我希望现在还不算太晚。'

"'我想还不算晚，'伯格伦涅夫的手已经放在马车门上，'虽然我在和你说话，但我一直注意着酒店，我们的亲王朋友还没有出门。我们都已经习惯了，你知道，总要时刻保持警觉。我想我和他对质的时候，你不一定要在场。也许你愿意在马车里等我。外面的大雾很讨厌，而且你在这里可以更隐秘些。你能把那些做工精细的钞票给我吗？谢谢！别急，我很快就回来。'

"他抬了抬帽子，把钞票轻轻塞进华丽的毛皮大衣的内袋。他这样做的时候，施瓦兹先看到他大衣下凸显地位的制服和宽勋带，毫无疑问，这一切都会让楼上那狡猾的恶棍更加内心不安。

"然后，这位俄皇陛下的警察很快钻出马车，留下施瓦兹先生一个人。"

2

"的确，他被孤孤单单地留在了那儿，"角落里的老人嘿嘿笑着，声音带着讽刺，"非常孤单。时间一刻一刻地过去，那个穿着华丽制服、举止威严的警员还没有回来。等到已经很晚了，施瓦兹先生再次骂自己是个彻头彻尾的白痴。他太轻易就相信赛米欧尼兹亲王是个骗子，是个混蛋；在这种不客观的猜测下，他轻而易举地成为他所见过的最狡诈的无赖手中的猎物。

"施瓦兹先生跑去问西北酒店的门房，结果门房告诉他没有施瓦兹描述的人进过酒店。年轻人要求见赛米欧尼兹亲王，希望不会全都落空。亲王非常客气地接见了他，他正在向秘书口述几封信，而他的贴身男仆正在隔壁房间准备主人晚上要穿的衣服。施瓦兹先生发现他很难启齿解释自己来这里干什么。

"亲王用来锁珠宝的化妆箱就放在那儿，秘书用来装钞票的袋子也还在。施瓦兹先生再三犹豫，亲王也显得有些不耐烦时，这年轻人才终于把遇到所谓俄国警察的整个经过和盘托出，那个人的名片还在他手里。

"亲王心平气和地看待整件事情。毫无疑问，他认为这年轻珠宝商是个无可救药的傻瓜。他给他看了珠宝、收据，还有一大堆钞票，和施瓦兹先生拿到后却拱手送给马车里那个狡猾混蛋的钞票一样。

"'施瓦兹先生，我所有的账单都是用英格兰银行的钞票支付。也许你精明点的话，跟酒店经理谈谈，你就不会轻信我是骗子之类的无稽之谈。'

"最后，他把一本十六开的小册子放在这年轻珠宝商的面前，温和地微笑说：'如果这个国家那些做大生意并因此可能和外国人士接触的人，在和自称有身份的外国人交易之前，先好好看过这些小册子，往往就可以避免许多失望和损失。像现在这样的情况，如果你翻到这本《哥达年鉴》第797页，你会在上面找到我的名字，也就会知道那个自称俄国警察的人才是骗子。'

"施瓦兹先生无话可说，离开了酒店。毫无疑问，他是被骗了，毫无挽回的指望。他不敢回家，但心里还抱着侥幸去找警方，希望他们能在骗子还没来得及离开利物浦之前抓到他。他见到了华生探长，但马上遭遇到一个非常棘手的问题，让追回钞票的希望丧失殆尽。他在被骗之前，根本没有时间，也没有机会把钞票号码抄下来。

"温斯洛先生虽然对他的外甥大为光火，可也不希望把他从家里赶出去。他一接到施瓦兹先生的信，就到处找他，靠着华生探长的帮忙，终于找到施瓦兹先生在北街的住处，这倒霉的年轻人本来想一直躲在这里，直到这场风波过去，或者等到那个骗子人赃俱获地被警方当场抓住。

"不用说，这样的好事根本不会发生，虽然警方费尽心力想找出那个把施瓦兹骗到马车上的人，但也毫无结果。那个人的样子的确和普通人不一样，他下了马车后，利物浦应该不可能没有人注意到他。即使出事的时间已是十二月下午四点多钟，还是一个大雾天，那身华丽的皮草和长胡须也一定很扎眼。

"可所有的调查都一无所获，没有人在任何地方看到过像施瓦兹先生描述的这个人。报纸一直把这件事称作'利物浦谜案'。在利物浦警方的要求下，苏格兰场派了著名的警探费尔班先生来协助调查，却依然无济于事。

"赛米欧尼兹亲王和随从离开了利物浦，而那个曾经想抹黑亲王名誉、骗得温瓦珠宝店一万零五百英镑的人，却彻彻底底地失踪了。"

角落里的老人整了整他的衣领和领带。在他讲述这桩有趣谜案的时候，他的衣领和领结不知怎么顺着他鹤一样长的脖子，跑到他的垂下来的大耳朵下面去了。他的花呢格子衣服又比较奇怪，让几个店里的女侍者不断猜想，还看着他吃吃地傻笑。这让他有些紧张。他怯生生地望着波莉，看起来就像是个为了度假而打扮起来的秃头副官。

"当然，关于这个骗局的各种揣测中，最普遍的说法是年轻的施瓦兹在撒谎，他其实就是贼，不过这个说法很快就被戳破了。

"但是，就像我刚说过的，这个揣测很快就被戳破，因为施瓦兹老先生是个很富有的商人，绝不会坐视儿子的粗心大意让他好心的老板遭受重大损失。他一搞清楚这件不同寻常的事情到底是怎么回事后，马上给温斯洛先生和瓦萨尔先生开出一张一万零五百英镑的支票。虽然这理所应当，但也说明了他高尚的情操。

"由于温斯洛先生宣传了这件事，整个利物浦都知道了这一慷慨之举，关于小施瓦兹先生的流言蜚语很快就烟消云散了。

"当然，还有人怀疑亲王和他的随从，我相信直到现在，利物浦和伦敦还有许多人认为那个俄国警察是他们的同伙。这种揣测确实有可能，温斯洛先生和瓦萨尔先生因此花了很多钱，试图证实那个沙俄亲王的罪行。

"不过很快就发现，这个推论同样站不住脚。办案专家费尔班虽然名声和能力刚好成反比，但总算做了一件该做的事，他走访了利物浦和伦敦的大宗外汇交易所的经理，不久他就发现，赛米欧尼兹亲王到了英国后，的确将许多沙俄和法国货币换成了英格兰银行的钞票。警方一共追查到三万多镑货真价实的钱出自这位拥有十六处领地的亲王口袋里。因此，这样一位显然十分富有的人，只为了增加一万英镑的财富而去冒坐牢和苦役或者更糟糕的风险，似乎不可能。

"可是，那些死脑筋的警方认定了亲王有罪。他们把赛米欧尼兹亲王的俄国祖宗八代全都查遍了。他的地位和财富都让人无法怀疑，可是他们还是怀疑他或他的秘书。他们和欧洲所有国家首都的警方都联络过，就在他们还抱着希望，想收集足够的证据证明嫌疑犯有罪的同时，他们却让真正的罪犯逍遥法外，享受着他高明骗术得来的犯罪成果。"

"真正的罪犯？"波莉说，"你认为是谁……"

"你想想看，那个时候会有谁知道小施瓦兹先生身上有钱？"老人激动地说着，在椅子上像个弹簧玩具小丑一样扭来扭去，"罪犯显然知道施瓦兹要去见一位富有的俄国人，而且回来时身上可能会带着大笔现金。"

"谁？除了亲王和他的秘书，还有谁知道？"波莉争辩道，"可是你刚才说……"

"刚才，我说警方决心要找到亲王和秘书的罪证；但他们只看到眼前的东西。温斯洛先生和瓦萨尔先生在调查罪证上毫不吝啬地花了一大笔钱。温斯洛先生是高级合伙人，他在这件窃案中损失了九千英镑，可瓦萨尔先生就不一样了。

"我看到警方在这案子上一直在犯错，于是花了些工夫去做了点调查。我对这整件事都很感兴趣，我想查的我都查到了。我发现，瓦萨尔先生在公司里只是个初级合伙人，只能拿到公司利润的 10%，而且他是最近才从高级助手的位置升为合伙人的。

"但警方却没有花工夫去把这查出来。"

"但你的意思不是说……"

"我的意思是，在所有的窃案中，如果殃及几个人，首先就该去分析案子涉及的第一方和第二方受到的影响是否一样。我在菲力摩尔街失窃案里向你证明过，是不是？那个案子和这个一样，涉案双方中一方的损失和另一方相比非常少。"

"就算是这样……"波莉开始争辩。

"等等，因为我还发现了别的情况。当我一确定瓦萨尔先生每年在公司拿到的利润不到五百英镑时，就立刻想办法去调查他的生活水平和主要的不良嗜好。我发现他在阿尔伯特街有栋豪宅，那个地段的房租每年是二百五十英镑。所以，他要维持自己的消费，一定要靠投机买卖、赛马或者各种赌博。投机和大多数赌博等于债务和破产，他落到这个下场只是迟早的问题。瓦萨尔先生那时有没有欠债，我不敢肯定；可是我确实知道自从他倒霉地损失了一千英镑后，他却把房子装修得更好了，而且现在他在兰开夏和利物浦银行里的账户存款很多，那是他在'损失惨重'一年后开的。"

"但要做到这一步一定很难……"波莉还想争辩。

"什么东西难?"老人说,"你是说计划整件事情很难吧?这计划执行起来很容易。他有二十四小时的时间行动。为什么?他怎么做?首先,到城里一个偏僻的地方找一家当地的印刷厂,去印几张有头衔显赫的名片。当然,这种地方的东西是'立等可取'的。另外,还要到戏服商那儿买一套二手的好制服,毛皮大衣,还有假胡子和假发。

"不难不难,最后执行起来并不难。难的是计划整件事,还有胆量。当然,小施瓦兹先生是个外国人,他来英国才两周,瓦萨尔蹩脚的英文误导了他,也许他和那个初级合伙人并不是很熟。有一点是肯定的:要不是他舅舅对这位俄国亲王存有荒谬的英国式的偏见和猜疑,小施瓦兹先生可能不会那么轻易地被瓦萨尔骗。我说过,如果英国商人多了解一下那位亲王在哥达的财产,那就好了。不过,骗子作案的方式很高明,是不是?就算是我去,我也不会做得更漂亮。"

这最后一句话太符合老人的性格了。波莉还没想出合情合理的推理来反驳他的说法,他就已经离开。波莉努力想找出破解利物浦谜案的另一种办法,但最后都是枉然。

爱丁堡谜案

1

角落里的老人还没吃午餐。波莉·伯顿小姐看得出来他有心事，因为今天早上到现在他还没说过话，一直在把玩那根细绳，结果搞得她也心神不宁。

"你有没有真心同情过某个罪犯或窃贼？"过了一会儿，老人问她。

"我想只有一次吧，"她答道，"但我还不太能确定，那个让我同情的不幸女子是不是就像你说的一样，可以称为罪犯。"

"你指的是约克郡谜案的女主角？"他温和地回答，"我知道你当时很努力想证明那宗神秘谋杀案我给出的唯一可能的答案是站不住脚的。现在，我也肯定你和警方一样，对谁劫杀了住在爱丁堡夏洛特广场那位可怜的唐纳森夫人毫无头绪，不过你可能已经准备好要对我的说法嗤之以鼻，甚至还有可能怀疑我对这件谜案的解释。女记者总是这样想。"

"如果你用一些无稽之谈来解释那个非同寻常的案子，"她反驳道，"我当然不会相信，如果你想替伊迪丝·克劳福德博取我的同情，我肯定你不会成功的。"

"噢，我想我完全没有这个意思。我看得出你对这案子很有兴趣，可是我敢说你并没弄清所有的细节。如果我说到了你已经知道的，还请原谅。要是你曾经去过爱丁堡，你一定听说过葛莱姆银行。安德鲁·葛莱姆先生是这家银行现在的老板，毫无疑问，他是爱城这个'现代文化之都'最显赫的名流之一。"

角落里的老人从口袋里拿出两三张照片放在波莉面前，然后用他瘦骨嶙峋的长手指指着那些照片。

"这一位，"他说，"是埃尔芬斯通·葛莱姆，他是葛莱姆先生的大儿子，典型的苏格兰青年。那个是二儿子，大卫·葛莱姆。"

波莉更仔细地看了看最后这张照片。她看到的是个年轻的面孔，上面似乎已经留下了一些挥之不去的忧伤；这张脸长得很精致，瘦削的五官都皱在一起，眼睛大得有点不自然，非常突出。

"他有残疾，"角落里的老人说，像是回答波莉的疑惑似的，"也因为这样，他是他大多数朋友怜悯甚至嫌恶的对象。爱丁堡的上流社会里关于他的心理状况和智商也有许多传闻，根据和葛莱姆家亲近的一些朋友说，他的精神有时候绝对不正常。就算这只是一种可能，我也能想象到他的生活一定很悲惨。他还是个婴儿的时候就没了母亲；而他的父亲，非常奇怪，对他有种几乎无法抑制的厌恶。

"现在大家都知道大卫·葛莱姆在他父亲家可悲的地位，也知道他的教母唐纳森夫人非常喜爱他。

"唐纳森夫人是大酒商乔治·唐纳森爵士的遗孀，所以她相当富有，可是她似乎也非常偏执。最近她宣布要改信罗马天主教，然后去德文郡，归隐纽顿院长主持的圣奥古斯丁女修道院，这个举动让信奉基督长老会的整个家族大吃一惊。

"溺爱她的丈夫留给了她庞大的家产，她是唯一对此有绝对控制权的人。因此，如果她愿意的话，她显然可以把家产随意捐赠给德文郡的女修道院。可她显然没有这个打算。

"我有跟你说过，她有多喜爱那个有残疾的教子吧？她是个偏执古怪的人，有很多嗜好，可最明显的一个就是决心要在退出红尘之前，看到大卫幸福地结婚。

"好啦，事情似乎是这样的：虽然大卫人长得丑，又有残疾，人还有些疯癫，但他却疯狂地爱上了王子庭园老板克劳福德医生的女儿，伊迪丝·克劳福德小姐。因此这位年轻小姐处处躲着大卫，这倒是再正常不过的，大卫那时候看起来肯定古怪阴沉。但是唐纳森夫人有着她独树一帜的决心，似乎一定要让克劳福德小姐爱上她不幸的侄子。

"去年十月二日，葛莱姆先生在他夏洛特广场的大宅里举行了一场家庭聚会，席间唐纳森夫人公开宣布，要以赠与的方式将总值高达十万英镑的产业、金钱和股票转给她的教子大卫·葛莱姆，还要把价值五万英镑的上好钻石送给大卫的新娘。王子街的一位律师基思·麦克芬雷，第二天就接到指示，要他草拟所需的赠与契约，唐纳森夫人承诺要在教子的婚礼上签下契约。

"一个星期以后，《苏格兰人》报上刊出了这样的启事：'爱丁堡夏洛特广场的葛莱姆先生的次子大卫与王子庭园已故的肯尼斯·克劳福德医生唯一在世的女儿伊迪丝·丽莲已喜结良缘，婚礼将于近期举行。'

"爱丁堡的名流对这场即将举行的婚礼议论纷纷，但总体来看，他们讲的都不是这两个家族的好话。我不认为苏格兰人很敏感，可是这桩婚姻中讨价还价的痕迹如此明显，按照苏格兰人的骑士精神，当然会反对。

"尽管如此，跟这门婚姻关系最密切的三个人似乎都非常满意。大卫·葛莱姆完全脱胎换骨，他阴沉的一面消失了，古怪和粗鲁也一样都不见了，他在这巨大而意外的幸福中变得温文尔雅；克劳福德小姐在订购她的嫁妆时和朋友谈到那些钻石；而唐纳森夫人只等着在最后从尘世归隐、平静地度过余生之前看到他们结婚，她只有这个心愿。

"赠与契约准备好了，唐纳森夫人将在举行婚礼的那天，也就是十一月七日签署，而这段时间内她暂住在她弟弟位于夏洛特广场的家中。

"十月二十三日，葛莱姆先生开了一个盛大的舞会。这舞会特别引人注意，因为唐纳森夫人坚持要大卫未来的妻子在舞会上戴那些昂贵的钻石，这些钻石很快就将归新娘所有了。

"钻石看起来美极了，把克劳福德小姐的美丽衬托到了完美的地步。舞会很成功，最后一位客人离开的时候，已经是凌晨四点。第二天，舞会迅速成为人们交谈的话题。又隔了一天，当爱丁堡的居民翻开早报时，却惊恐绝望地读到唐纳森夫人被谋杀在房间里，而那些珍贵的钻石也被偷走的消息。

"但是，还没等到这美丽的小城从震惊中恢复过来，报纸又为读者提供了另一件令人吃惊的新闻。

"苏格兰和英格兰所有的报纸，都神神秘秘地暗示费思克检察官已经掌握了'惊人的内幕'，还暗示一次'轰动的逮捕行动即将展开'。

"媒体后来公布了真相，爱丁堡人人都目瞪口呆地读着报纸。原来那'轰动的逮捕行动'的对象不是别人，正是伊迪丝·克劳福德小姐，罪名是谋杀与抢劫。这两项罪名如此骇人听闻，大家心里都不会愿意相信一位上层社会出身的年轻小姐竟然会密谋这样凶残的犯罪，更别提去实施犯罪了。她是在伦敦的密德兰酒店里被捕的，然后被带回爱丁堡接受司法审讯，并且不准保释。"

2

"伊迪丝·克劳福德小姐被捕后两周多一点，她就被带去接受高等法院的审判。她在申辩庭内辩称自己'无罪'，并委托司法界内最有名的律师之一的詹姆斯·凡维克爵士为她辩护。

"说来也奇怪,"角落里的老人停了一会儿才继续说,"舆论从一开始就觉得被告没希望了。民众完全像个小孩,非常不负责任而且毫无逻辑可言;他们认为,既然克劳福德小姐可以为了十万英镑而愿意签约嫁给一个半疯的残疾人,那么她同样也可以为了价值五万英镑的珠宝去劫杀那位老妇人,而且这样还少了一个累赘的丈夫。

"这或许与民众对大卫·葛莱姆的深切同情和对被告的反感有很大关系。由于这桩残酷而卑鄙的谋杀案,大卫·葛莱姆失去了他最好的朋友,也可以说是唯一的朋友。他同时也骤然失去了唐纳森夫人正要转让给他的一大笔财富。

"赠与契约一直都没签,而且唐纳森夫人没有留下遗嘱,所以她的巨额财富后来被分给了她的几个法定继承人,而没有让她最喜欢的教子变富有。而现在,大卫看到他爱的女人被指控犯下这桩夺去他朋友和财富的滔天大罪,觉得在这一系列令人伤心的事件上更是雪上加霜。

"因此,看到这位'唯利是图的女人'落到如此可怕的境地,爱丁堡的上流社会明显表现出因为正义得到伸张的兴奋。

"我对这件案子非常感兴趣,所以特地去了爱丁堡,想要好好看看这出即将开场的惊险戏剧中的女主角。

"我在旁听席上抢到一个前排的位置,我通常都能坐到前排,舒舒服服地坐在法庭里,这时看到嫌疑犯被人从法庭的活门里带了进来。她穿得很得体，全身素黑，在两个法警带领下站在被告席上。詹姆斯·凡维克爵士热情地和她握了握手，我甚至可以听到他对她说了一些安慰的话。

"审判持续了六天，期间有四十多个证人因为检方要求而接受了讯问，为辩方接受讯问的人也差不多有这么多人。当然，最有趣的证人当然是那两位医生、女仆特伦姆莱特、高街珠宝商坎贝尔先生以及大卫·葛莱姆。

"法庭上还出示了很多医学证明。可怜的唐纳森夫人在被发现的时候，脖子上紧紧勒着一条丝巾，即使毫无刑侦经验的人都看得出来，她是被勒死的。

"接下来被传唤的证人是特伦姆莱特，唐纳森夫人的私人女佣。在检察官的仔细讯问下，她叙述了十月二十三日在夏洛特广场举办的舞会，也描述了那天克劳福德小姐戴上珠宝的样子。

"'我帮克劳福德小姐把头冠戴上，'她说，'而夫人亲自把两条项链戴在克劳福德小姐的脖子上，还别上几个漂亮的别针、戴上了手镯和耳环。凌晨四点钟舞会结束后，克劳福德小姐把珠宝带回夫人的房间。夫人已经睡觉，我也把电灯关了，因为我也正准备离开。房间里只有床边留着一根蜡烛。

"'克劳福德小姐把珠宝全摘下来，向唐纳森夫人要保险箱的钥匙，她好把珠宝收起来。夫人把钥匙给了她，然后对我说："特伦姆莱特，你去睡觉吧，你肯定累坏了。"我很高兴可以离开，因为我站都站不起来了，我实在太累了。于是我向夫人，还有正在收拾珠宝的克劳福德小姐说了晚安。我出房门的时候，听到唐纳森夫人说："你弄好了吗？亲爱的？"克劳福德小姐说："全都收好了。"'

"特伦姆莱特回答詹姆斯·凡维克爵士说唐纳森夫人总是用一条红色的带子把保险箱的钥匙挂在脖子上，而且在她死之前的那一整天，她也是这样挂着的。

"'二十四日晚上，'她继续说，'唐纳森夫人看起来有点累，吃完晚饭，全家人都还坐在餐厅里时，她就直接回房间了。她要我帮她梳头，穿上睡袍后，就拿了本书坐在安乐椅上。她告诉我她那时有一种奇怪的不适感，而且觉得紧张，但不知道为什么。

"'可是，她又不要我陪着她，所以我想我最好去告诉大卫·葛莱姆先生，说夫人好像不太开心。夫人喜欢大卫先生，和他在一起时，她总是挺高兴的。后来我回到我的房间。在八点半的时候，大卫先生来找我，他说："夫人今天晚上好像有些焦虑。如果我是你的话，过一个小时我会到她门外听听里面的动静，要是她还没睡，我就进去陪她到睡着。大约十点钟，我按大卫先生的建议，到夫人门外听动静。但房里一片安静，我想夫人已经睡了，所以我也回去睡了。

"'第二天早上八点钟，我给夫人端茶的时候，看到她躺在地上，可怜的她脸部发青，表情扭曲。我尖叫起来，其他的仆人立即冲过来。然后葛莱姆先生锁上了门，叫人找来了医生和警察。'

"那个可怜的女佣好像很难忍住不让自己情绪崩溃。詹姆斯·凡维克爵士详细地询问了她，可她没有什么话可以说了。二十四日晚上八点钟是她最后一次见到主人还活着的时刻。

"'你十点钟在她门外听里头动静的时候，'詹姆斯爵士问，'你有试过把门打开吗？'

"'我试过，可锁上了。'女佣回答。

"'通常唐纳森夫人晚上会锁上卧室的房门吗？'

"'几乎都会锁的。'

"'早上你端茶过去的时候呢？'

"'门是开的。我直接就走了进去。'

"'你确定吗？'詹姆斯爵士抓住这个问题继续问道。

"'我发誓！'那女佣用肯定的语气认真地说。

"之后，我们从葛莱姆先生几个公司职员的证词里得知克劳福德小姐二十四日下午去夏洛特广场喝过茶，她当时告诉所有人说她要搭夜班邮车去伦敦，因为有几件特别的东西想去那儿买。葛莱姆先生和大卫都想劝她留下吃晚餐，然后再从加里多尼安车站搭晚上九点十分的车去伦敦。但克劳福德小姐拒绝了，说她一向喜欢在威弗利车站上车，因为那离她住的地方比较近，而且她还有好多东西要写。

"虽说如此，那天晚上却有两个证人在夏洛特广场又看到被告。她提着一个看起来很重的袋子走向加里多尼安火车站。

"可是这次引起轰动的审判最令人骚动的一刻是第二天大卫·葛莱姆踏上证人席的时候。他看起来病得厉害，头发蓬乱，面容憔悴，当观众一看到这位夏洛特广场悲剧的第二位受害人，这位或许是受到打击最深的人时，都同情地窃窃私语起来。

"大卫·葛莱姆应检察官的要求，描述了他和唐纳森夫人的最后一次见面。

"'特伦姆莱特告诉我唐纳森夫人看起来有些焦虑，于是我去和她聊了会儿天；她很快就高兴起来了，而且……'

"这位不幸的年轻人显然在犹豫，过了一会儿，他才勉强地继续说：

"'她谈到我的婚事，还有准备送给我的财产。她说钻石是给我太太的，以后再传给我女儿，要是我有女儿的话。她还抱怨麦克芬雷先生在准备赠与契约这件事上太拘泥于形式，不能把十万英镑直接从她手里给我，还要有这么多麻烦。

"'我和她聊了大约半个小时。她似乎准备要睡觉，于是我就离开了，可是我告诉她的女佣大概一个小时以后去她门外听听房内的动静。'

"法庭沉默了好一阵，这种沉默对我来说却像电击一样。就好像是检察官对证人问的下一个问题已经在半空中盘旋了。

"'你与伊迪丝·克劳福德小姐订过婚，是不是？'

"大家像是感觉到，而不是听到，有一声几乎无法听清的'是的'从大卫紧闭的嘴唇里挤了出来。

"'婚约是在什么情况下被解除的？'

"詹姆斯·凡维克爵士已经站起来要反对，可是大卫·葛莱姆

先开口了：'我想我没有必要回答这个问题。'

"'那我换个方式问，'检察官彬彬有礼地说，'这次朋友你不可能再反对了。十月二十七日，你接到被告的一封信，信上说她想解除与你的婚约，有，还是没有？'

"大卫·葛莱姆再次拒绝回答，他显然对这位博学多闻的检察官提出的问题并未给出能让人听得到的答复；可是每一位在场的听众，对，还有陪审团成员和司法人员，在大卫苍白的表情和大而忧伤的眼睛里都读到了那个不祥的'有'，这是他颤抖的双唇无法说出的答案。"

3

"毫无疑问，"角落里的老人继续说，"到审判的第二天，大卫·葛莱姆走下证人席的那一刻，这个女孩糟糕的处境在大家心里所激起的那一丝同情也熄灭了。不管伊迪丝·克劳福德是不是真的犯了谋杀罪，她接受了一个有残疾的人做她的未婚夫，然后又甩掉他，这种无情的做法让每个人都下定决心要反对她。

"第一个让费思克检察官知道被告曾经从伦敦写信和大卫解除婚约的是葛莱姆先生。这个信息毫无疑问将费思克的注意力转向了克劳福德小姐，而警方很快就拿出了逮捕她的证据。

"庭审的最后一次高潮发生在第三天。高街珠宝商坎贝尔先生作证说，十月二十五日那天，一个女人到他的珠宝店想把一对钻石耳环卖给他。因为这阵子生意很糟糕，他拒绝了这笔交易，虽然那女人似乎想按非常低的价钱把耳环脱手，那些钻石很漂亮，这让人难免会觉得奇怪。

"事实上，就是因为那位女士显然急于卖掉耳环，所以他对她观察得比较仔细。他发誓，那个要卖耳环给他的女人就是被告席里的嫌疑犯。

"我可以向你保证，当我们听到这显然让人愤慨的证词时，拥挤的法庭里一片寂静，静得有针掉到地上，你都可以听到。只有那个女孩，依然冷静地站在被告席里，不动声色。别忘了，这两天来我们已经听到许多证词，证明老克劳福德医生死时没有留给他女儿半分钱；而且克劳福德小姐因为没有妈妈，是被未婚的姨妈带大的，她的姨妈把她训练成家庭教师，这也是她自己多年来的工作；当然也肯定没有任何朋友听说过她有什么装饰钻石的耳环。

"检方当然得到了一张王牌，可是一整天对审判似乎不感兴趣的詹姆斯·凡维克爵士这时从座位上站起来，我马上就知道他还留了一手。他看起来挺憔悴，又高得异乎寻常，再加上鹰钩鼻，他在认真面对证人时，总是看起来十分怪异。我可以告诉你，他这次更是变本加厉，一下子就把那浮夸的小珠宝商打垮了。

"'那位女士来访时，坎贝尔先生有没有特地记在登记簿上呢？'

"'没有。'

"'那么有没有什么特别的方法可以证实这位女士确实去过?'

"'没有,可是……'

"'那么,关于这位女顾客的到访,有些什么记录吗?'

"坎贝尔先生没有任何记录。实际上,经过二十分钟的反复询问之后,他不得不承认他当时对那位女士来访其实没有多想,当然也没把唐纳森夫人和谋杀案关联起来。直到他在报纸上看到有一位年轻小姐被捕,后来他和他的职员就此事讨论了一番时,两个人这才想起来确实有一位女士某天带了很漂亮的钻石耳环来店里卖,而且肯定是谋杀案发生之后的那天早晨。如果詹姆斯·凡维克爵士的目的是让人觉得这位特别证人的证词不足为信,那他确实做到了。

"坎贝尔先生的浮夸自大完全消失了。他先是慌张,然后激动,最后开始发脾气,后来他被获准离开法庭。詹姆斯·凡维克爵士坐了回去,像只秃鹫一样等待下一只猎物。

"坎贝尔先生的职员表现得很像个职员,他站在费思克检察官面前,证词和他的老板都一致。在苏格兰,当案子有证人在接受询问,其他证人就不能在场,职员马克法兰先生对詹姆斯·凡维克爵士为他准备的陷阱毫无防备,一头跌了进去,然后那位著名的律师就像翻手套一样把他问了个底朝天。

"马克法兰先生没有发火,他谦卑得不敢发脾气,可是他陷入了一个十分混乱的记忆之中,他也无法确定那位女士拿着钻石耳环来卖的确切日期,然后离开了证人席。

"请注意，我敢说，"角落里的老人咯咯笑了起来，"在场的大多数人都觉得詹姆斯·凡维克爵士的交叉讯问似乎和案子毫无关系，坎贝尔先生和他的职员准备好要宣誓证明说他们和一位带着钻石耳环的女士有过对话，非常肯定那女士就是被告；而对临时聚集的旁观者而言，他们是在什么时间，甚至哪一天见到那位女士对整个大案子并没有什么影响。

"就那么一下，我就明白了詹姆斯·凡维克爵士为伊迪丝·克劳福德辩护的策略。等到马克法兰先生，那位出色的律师的第二个受害者离开了证人席时，我就已经像是读一本书一样看清了整个犯罪的经过、警方的侦查过程，还有警方和公诉人检察官随后犯下的错误。

"詹姆斯·凡维克爵士当然也知道这些，所以他在每个环节上都使了劲，就像小孩推倒纸牌屋一样，毁掉了起诉搭建好的整个脚手架。

"坎贝尔和马克法兰两位先生指认被告就是某天想卖给他们一对钻石耳环的女人，结果又承认他们不能确定是不是这个人，这是爵士得到的第一分。詹姆斯爵士有很多证人可以证明二十五日那天，即谋杀案的第二天，被告人在伦敦；而案发前一天，也就是葛莱姆家最后见到唐纳森夫人之前，坎贝尔先生的店早已关门。显然珠宝店老板和店员见到的一定是另外一个女人，他们的想象力太丰富，把她认成被告了。

"接着就是时间的问题。大卫·葛莱姆先生显然是唐纳森夫人在世时见过的最后一个人。他和她谈话谈到晚上八点三十分。詹姆斯·凡维克爵士传唤了两个加里多尼安火车站的搬运工，他们作证说克劳福德小姐在九点十分火车快开动的前几分钟，在这一趟车头等车厢里的座位上坐下了。

"'所以，能想象半个小时内，'詹姆斯爵士申辩道，'像被告这样一个年轻女孩能在整个房子里的人都还没有睡下的时候，就偷偷跑进屋、勒死了唐纳森夫人、拆开保险箱、带着珠宝逃掉吗？一个男人，一个有经验的盗贼也许可以做得到，可是我坚持认为，被告的体力无法完成这样困难的事。

"'至于解除婚约，'那位著名的律师微笑着继续说，'当然，看来可能有点无情，可是无情在法律的眼里，并不是犯罪。被告在口供中已经说过，她在写信给大卫·葛莱姆先生解除婚约的时候，完全没有听说爱丁堡惨案。

"'伦敦的各大报纸只是很简短地报道了这个案子。被告又忙于购物，她一点也不知道大卫先生的处境已经发生了变化。因此，解除婚约绝对不能被当作是被告恶性犯罪以取得珠宝的证据。'

"当然，"角落里的老人带着歉意说，"想要让你完全了解这位律师出色的辩才和巧妙的逻辑是不可能的。但是，他说动了所有人，就像说动我一样，他把众人的注意力引向一个事实，即绝对没有可以证明被告有罪的证据。

"虽然如此，这项不寻常的审判最后以'没有证据'的判决结束。陪审团离席四十分钟，虽然有詹姆斯爵士的雄辩，似乎每个人心中都深深扎根了一个判决——你可以称它为直觉——那就是伊迪丝·克劳福德为了占有珠宝，干掉了唐纳森夫人，而且虽然那浮夸珠宝商的证词相互矛盾，但她确实有想将钻石卖给他的想法。由于没有足够的证据可以定罪，她因此逃过一劫。

"我听英国人说过，这要是在英格兰，她早被判绞刑了。我个人对此怀疑，我认为英格兰的陪审团虽然没有'没有证据'这样的法律漏洞，也还是会无罪释放她。你觉得呢？"

4

波莉沉默了一会儿，她没有马上回答，于是老人继续变着花样编出各式各样的结，然后她静静地回答：

"我想我同意那些英格兰人说的，英格兰陪审员会宣告她有罪。我也认为她肯定有。她不大可能自己一个人犯这样的重罪。夏洛特广场的房子里可能有人和伊迪丝·克劳福德合谋，那人劫杀了唐纳森夫人，而伊迪丝·克劳福德在外头等着拿珠宝。大卫·葛莱姆在八点半离开了他的教母。如果她的同伙是家中的某个仆人，这个人会有很多时间犯罪，而伊迪丝·克劳福德还是能赶上加里多尼安车站九点十分的班车。"

"那么，照你看，"老人把自己像鸟一样可笑的头抬起来，偏向一侧，讥讽地问，"是谁想把钻石耳环卖给珠宝商坎贝尔先生呢？"

"当然是伊迪丝·克劳福德，"她得意地回答，"珠宝商和店员都认出她了！"

"她是什么时候卖耳环给他们的？"

"啊，这一点我一直搞不懂，对我来说，这也是这桩案子唯一神秘的地方。二十五日那天，她的确在伦敦，不太可能只为了把珠宝卖掉而回到爱丁堡，因为东西在爱丁堡最容易被查到。"

"当然不太可能。"老人语气干巴巴地附和了她。

"还有，"波莉又说，"她去伦敦的前一天，唐纳森夫人还活着。"

"太棒了，"他突然洋洋得意地说，因为他的长手指刚打出一个漂亮的结，"这件事和案子有什么关系？"

"这件事和案子有很大关系！"她把他的话顶了回去。

"啊，你看你，"他故意用开玩笑的强调语气叹了一声，"我给你上的课好像没有让你的推理能力提高多少，你还是和警方一样糟。唐纳森夫人被劫杀，而你马上就觉得偷她东西和杀她的是同一个人。"

"可是……"波莉还想辩下去。

"没有可是，"他越来越激动地说，"想想看，这案子其实很简单。伊迪丝·克劳福德在舞会那天晚上戴满了钻石，然后她把珠宝拿回唐纳森夫人的房间。你还记得女佣的证词吧，她说夫人说'亲爱的，你都放回去了吗？'这么简单的一句话，却完全被检方忽略了。但这句话的意思是什么？是因为唐纳森夫人自己看不到伊迪丝·克劳福德是否把珠宝放回，所以问了这句话。"

"所以你争辩说……"

"我从不争辩，"他激动地打断了她的话，"我只说无可否认的事实。伊迪丝·克劳福德本想偷钻石，那时候正好有机会，就把钻石拿走了，她为什么要等呢？唐纳森夫人在床上，女佣特伦姆莱特也离开了。

"第二天，也就是二十五日，伊迪丝想把一对耳环卖给坎贝尔先生。她没卖成，所以决定去伦敦，在那儿可能可以卖出去。詹姆斯·凡维克爵士觉得传唤证人把这件事说出来没有必要，却证实了我的判断是对的，那就是十月二十七日，克劳福德小姐被捕前三天，她渡海去了比利时，而在第二天回到伦敦。唐纳森夫人的钻石肯定已经在比利时从底座被取了出来，这会儿正安静地待在那儿，而卖掉钻石得到的钱也安全地存进了比利时的银行。"

"但是谁谋杀了唐纳森夫人？为什么？"波莉喘着气问。

"你猜不出来吗？"他温和地问道，"我把案子分析得还不够清楚吗？对我来说很简单。别忘了，这是一宗大胆、残忍的谋杀案。想想看有谁自己不是偷珠宝的人，可却有最强烈的动机去帮贼打掩护，让贼不为自己的罪行负责？是的，谁有这样的力量？说他是同谋绝对不合逻辑，这根本不可能。"

"当然……"

"想想看，一个天性怪异、身心都不正常的人——你知道这些人的感情是怎样的吗？比日常生活里的普通人要强一千倍！然后想想看，这样一个人面对这样可怕的难题。

"你觉得，这种人如果为了心爱的人不因偷窃受惩罚，他在犯罪前会犹豫吗？注意，我绝不是说大卫·葛莱姆有杀害唐纳森夫人的意图。特伦姆莱特告诉他夫人非常生气；他到她房里去，意识到她已经发现自己的东西被偷了。她想起那晚发生的事，自然而然会怀疑伊迪丝·克劳福德，可能跟大卫说了她的感觉，还威胁要立刻去告她。面对这样的丑闻，你会怎么办？

"我再重复一遍，我敢说他并不想杀死她，可能他只是威胁要这样做，有一位懂医学的先生说过突发心脏病，他没说错。然后，想想大卫的懊悔、他的恐惧。空荡荡的保险箱可能是第一个让他想到抢劫谋杀的残忍画面，于是他就把现场安排成那样，来保护自身的安全。

"但别忘了，没人看到有坏人偷偷进入或离开屋子，杀人的人没有留下进出的迹象。带武器的窃贼会留下一些线索，有人会听到一些声音。唐纳森夫人倒在地上死去的时候，那天晚上把她的房门锁上又打开的是谁？

"是房子里的某个人，我告诉你，是某个没有留下任何踪迹、别人不会怀疑到他的人，是某个显然没有丝毫预谋，也没有丝毫动机杀人的人。想想看吧，我知道我没有错。然后你再告诉我，我有没有替犯下爱丁堡谜案的人赢得你的同情。"

老人走了，波莉再一次看着大卫·葛莱姆的照片。那个扭曲的身体里真的躲着一颗扭曲的心灵吗？这世界上，到底有没有一桩犯罪伟大到可以被当成崇高的呢？

英格兰普卫顿银行失窃案

1

"动机的问题有时候是个非常困难又非常复杂的问题。"角落里的老人一面说着，一面从容地把一双发亮的狗皮手套从他瘦骨嶙峋的手上脱下来，"我认识一些有经验的刑事侦探，他们说他们这行里有条绝对真实的公理：找到有犯罪动机的人，就等于找到了罪犯。

"嗯，大多数的案子也许是这样，但按我的经验，在这个世界上，人类行为背后有一个因素是主要的动力，这个因素就是人的情感。不管好坏，情感法则控制了我们这些可怜的人类。别忘了，还有女人！法国侦探是公认的办案好手，但除非他们发现罪案中有女人，不然不会着手查案。他们认为不管是盗窃案、谋杀或诈骗案，里头总会涉及女人。

"也许菲力摩尔街盗案一直没有找到罪犯的原因就是因为没有

牵扯到女人。而另一方面，我非常肯定英格兰普卫顿银行失窃案的贼之所以到现在还逍遥法外，是因为有个聪明的女人逃过了警方的眼睛。"

他自顾自地说了很久，波莉小姐没敢反驳他。她现在知道，这个老人在激动的时候永远是粗鲁的，然后她就有麻烦了。

"等我老了以后，"他继续说，"要是没事干，我想我会正式加入警方，他们有太多的东西要学。"

这个皱巴巴的人紧张又吞吞吐吐地讲出这番话，还有什么比其中的自满和异常自大更荒谬可笑呢？波莉什么都没说，只是从口袋里拿出一根漂亮的细绳。她知道他在揭开谜案的同时有打结的习惯，于是隔着桌子把细绳递给他。她很肯定，老人的脸红了。

"当作'思考辅助'吧！"她看到他平静下来，自己也感觉安心了点。

波莉把细绳放在离他很近、好像要逗他的地方。他看看那根宝贝绳子，强迫自己把咖啡屋四周看了一遍：看看波莉，看看女侍者，还看了看堆在柜台上毫无生气的圆面包，最终不是很情愿地让他温和的蓝眼睛的视线带着亲切感，回到那根长长的细绳上。在他顽皮的想象中，他肯定已经看到一系列已经打成的结也像在逗他一样，等着他去打上又解开。

"跟我说说英格兰普卫顿银行失窃案。"波莉谦虚地建议。

他看看她，好像她刚刚提的是一件他从没听过的案子，其中充满了复杂的谜团。最后他瘦骨嶙峋的手指摸到细绳的一端，把它拉了过来，然后他的表情马上亮了起来。

"这个失窃案里的悲剧元素，"编了一阵之后，他开始说，"和多数罪案关联到的悲剧元素完全不同。这个悲剧，就我而言，我会绝口不提，不透露一个词，以免让警方查案时找对了方向。"

"你的嘴巴，"波莉讽刺地说，"就我来看，对我们长久以来痛苦不堪、无所作为的警方总是闭得很紧，而且——"

"而且最不应该对这件事抱怨的就是你。"他冷静地打断道，"因为你已经过了无数个愉快的半小时，听我讲这些你称之为'无稽之谈'的东西。你当然知道牛津街上的英格兰普卫顿银行，当时的图片报上有很多这家银行的照片。这是一张银行外面的照片，是我前些时候自己拍的。真希望我脸皮够厚，或者够幸运拍到银行的内部。不过你能看到银行的大门和住宅的大门是分开的。通常都是这样，这房子的其他部分是给银行经理一家人住的，以前是，现在还是。

"事情发生在大约六个月以前，那时的银行经理是艾尔兰先生。他住在银行上面，他的太太和家人也是，他有一个大儿子，在银行里当职员，还有两三个较小的孩子。房子实际比照片上看起来要小，每一层楼只有一排房间面对街道，房子后面除了楼梯，什么也没有。所以，艾尔兰先生和家人把整个房子住满了。

"至于银行，布局也是和其他银行一样，有一间大办公室，几排桌子，后面坐着职员和出纳，穿过后面的一扇玻璃门就是经理的私人办公室，里面有笨重的保险柜、桌子，等等。

"这个私人房间有扇门直通家里的主厅，所以经理上班不必走到街上。一楼没有客厅，房子也没有地下室。

"我必须对你说清楚这些建筑上的细节，虽然听起来可能枯燥无趣，但要证明我的观点，我还是有必要说一下。

"当然，到了晚上，银行对着街道的门就锁上了，此外还有一个预防措施，就是晚上银行里都有看门人守夜。我刚刚说过，办公室和经理室之间只有一扇玻璃门，这就是为什么出事的那天，那个令人难以忘记的晚上，看门人听到了所有的声响，使得这件本来就复杂的谜案变得更加复杂。

"艾尔兰先生通常是每天早晨快十点的时候进办公室，但那天早上为了某个他永远不能或不愿讲的理由，他没吃早饭，大约九点钟就下了楼。艾尔兰太太后来说因为没听到他回来，所以叫仆人下楼告诉主人早餐要凉了。那女孩的尖叫声预示着有骇人听闻的事发生了。

"艾尔兰太太匆忙下楼。她到大厅时发现丈夫办公室的门是开的，女佣的尖叫声就是从里面发出来的。

"'主人，啊……可怜的主人……他死了，啊……我确定他死了！'一边说着一边还伴随着猛捶玻璃门的声音。外头办公室传来守门人说了几句话，像是——'你干吗在那儿吵闹，不去把门打开？'

"艾尔兰太太是那种在任何情况下都不会失去理智的女人。我觉得在案子调查的过程中，她证明了这一点。她只朝房间里看了一眼，就明白了。艾尔兰先生躺在扶手椅上，头部后仰，双眼紧闭，显然是已昏死过去。他一定是因为极度的震惊而突然崩溃，当场晕了过去，而那件让他震惊的事是什么，很容易就猜到了。

"保险柜的门大开，艾尔兰先生显然在还没看到开着的保险柜中显出的惊人事实之前，就摇摇晃晃地昏倒了。他靠在一张倒下的椅子上，最终不省人事地摔进了扶手椅里。

"上面这些讲起来要花不少时间，"角落里的老人继续说，"但你要记住，这一切在艾尔兰太太心里很快就过去了。她迅速地转动玻璃门里面的钥匙，在守门人詹姆斯·费尔拜恩的帮助下，把丈夫抬到楼上房里，并马上派人找了警察和医生来。

"正如艾尔兰太太预料的一样，她丈夫受到了严重的精神刺激，完全昏了过去。医生嘱咐要绝对的静养，而且现在不能受到任何烦心事的刺激。病人年纪不小了，他受了很严重的惊吓，脑部有轻微的充血现象，如果要让他现在脆弱的神经回忆起昏倒前发生的事情，对他的心理，甚至生命，都可能会产生严重的危害。

"警方的调查因此只能缓慢进行。负责这案子的探长肯定很低能，而几个相关的主要角色对他的工作又没有帮助。

"首先，窃贼显然无法从银行进入经理室。詹姆斯·费尔拜恩整夜都看守着，电灯都亮着，显然如果有人走过外头的大办公室，或是强行打开紧锁的大门，他不可能不知道。

"要进入经理室还有一条路，那就是经过住宅的前厅。厅门似乎一向是艾尔兰先生从剧院或俱乐部回家时自己锁上的。这是他的职责，他也从不让别人经手。每年他和太太以及孩子去度假时，通常都会叫银行副经理留下来陪他的大儿子，而这时他的大儿子就负责锁门，不过他也明白门要在晚上十点的时候才锁。

"我刚刚跟你解释过，大办公室和经理室之间只隔着一扇玻璃门，按照詹姆斯·费尔拜恩的说法，这玻璃门平时一直开着，好让他守夜时能听到任何的声响。经理室里照例不留灯，而里头的另一扇门，也就是通往走道的门，在詹姆斯·费尔拜恩认为银行安全，开始在大办公室守夜之后，就从里面锁上。大办公室和经理室都有电铃直通艾尔兰先生和他儿子罗伯特·艾尔兰的卧室，同时还装有电话通到最近的区通讯局，电话响声就是报警的信号。

"等到早上九点钟，第一个出纳到达办公室后，守夜的人要负责清扫经理室，打开门闩，然后就可以回家吃早餐休息了。

"詹姆斯·费尔拜恩在英格兰普卫顿银行的工作肩负着重大责任，而每间银行和公司都雇有担任类似职位的人。大家都深知这些人的人品经得起考验，通常都是记录良好的老兵。詹姆斯·费尔拜恩是个强壮又正直的苏格兰人，他在英格兰普卫顿银行当看守已经十五年了，出事那时还没到四十三岁。他曾经当过卫兵，身高有六英尺三英寸。

"当然，他的证词非常重要，虽然警方非常谨慎，但还是把消息漏了出去，使全城都知道了这桩案子，在银行界和商业界引起了巨大的轰动。

"詹姆斯·费尔拜恩说，三月二十五日晚上八点钟，他像平常一样，把银行后面的门窗都闩上，正要锁上经理室的门时，艾尔兰先生从楼上叫住他，要他把门开着，因为他十一点从外头回来的时候，可能要进办公室办点事。詹姆斯·费尔拜恩问他是否需要把灯留着，艾先生说：'不用，关掉吧。需要的话我自己会打开的。'

"英格兰普卫顿银行的守夜人可以抽烟，也可以生炉火，还有一盘内容丰富的三明治和一杯麦酒可以享用。詹姆斯·费尔拜恩坐在火炉前，点燃烟斗，拿出报纸看了起来。大概九点四十五分的时候，他听到靠街的大门打开又关上了，他想应该是艾尔兰先生到他的俱乐部去了；可是到九点五十分，他又听到经理室的门被打开了，有人走了进去并马上关上了玻璃门，还用钥匙锁上。

"他自然认为那是艾尔兰先生。

"从他坐的地方看不见经理室里的情况，可他注意到电灯没有被打开，艾尔兰经理似乎没有开灯，只点了一根火柴。

"'那一刻，'詹姆斯·费尔拜恩继续说，'我突然觉得事情好像有点不对劲。我放下报纸，走到办公室那一端的玻璃门边。经理室里面还是很黑，我看不清楚，可是房间通往前厅的门是开着的，当然，那里有光。我离玻璃门很近，看到艾尔兰太太站在走道上，还听到她用很吃惊的语气说："怎么了，路易斯，我还以为你早就到俱乐部去了呢。你黑灯瞎火地在这做什么？"

"'路易斯是艾尔兰先生的教名，'詹姆斯·费尔拜恩还说，'我没有听到经理回答，可是很高兴一切正常，就回去继续抽烟看报了。几乎紧接着，我就听到经理离开房间，穿过走道，从靠街的大门走了出去。他走了以后，我才想到他一定忘了打开玻璃门的锁，所以我就不能像平常一样把通往前厅的门闩上，我觉得那些该死的贼就是这样骗过我的吧。'"

2

"等到民众能好好想想詹姆斯·费尔拜恩的证词时，英格兰普卫顿银行和警队负责这个案子的探员已经感到焦虑不安了。报纸显然小心翼翼地报道了这件事，暗示所有的读者耐心等待这桩不幸案件的进一步发展。

"可是英格兰普卫顿银行经理的健康情况很不稳定，要搞清楚窃贼到底偷去了多少东西是不可能的。不过，据第一出纳估计，损失了大约价值五千英镑的黄金和钞票。当然，这一假设的前提是艾尔兰先生没有把他的私人财物放在保险柜里。

"提醒你，这时候大家都对那位病倒，也许是病危的可怜的经理很同情，但非常奇怪的是，已经有人对他也稍稍起了疑心。

"'疑心'，就这个案子这个时候的发展情况来说，也许是个刺眼的字眼。没有人怀疑任何当时在场的人。詹姆斯·费尔拜恩把他看到的经过都说了，还发誓说小偷带着假钥匙偷偷从住宅潜入了经理室。

"想必你还记得，民众对此案的兴趣一点也没有因为等待而减弱。还没等我们有时间仔细思考守夜人单方面的证词，或者审视一下我们对病倒的人日益增加的同情，这些都需要更多更完整的细节，这案子却由于一件异乎寻常、绝对出乎所有人意料的事而到达轰动的高潮。艾尔兰太太在丈夫病榻旁不眠不休守了二十四小时之后，警察终于来问她，让她回答了几个简单的问题，希望有助于破解这个让艾尔兰先生病倒，也让她自己焦虑的谜案。

"她回答了每一个问题，这确实把探长和侦探吓了一大跳，因为她坚持强调说，詹姆斯·费尔拜恩说他在晚上十点钟时看到她站在走道上，还听到了她的声音，一定是做梦或睡着了。

"她有没有可能那么晚还在楼下大厅里这的确是个问题，因为通常她会自己跑下楼去看最后一班邮车有没有送信过来。不过她非常确定自己那时没有见到也没有和艾尔兰先生说过话，因为艾尔兰先生一小时之前就出去了，是她亲自送他到前门的。从头到尾，她一点也没改口，始终坚持这段看似不同寻常的陈述，而且还当着探长的面对詹姆斯·费尔拜恩说他绝对是弄错了，说自己'没有'见到艾尔兰先生，也'没有'和他说过话。

"另一个被警方询问的是罗伯特·艾尔兰先生，艾尔兰先生的大儿子。有个想法深深地扎根在探长的脑子里，他认为可能是某些重大的财务困难使得这位可怜的经理盗用了银行的公款，而他认为罗伯特可能知道父亲的一切。

"可是罗伯特·艾尔兰先生也说不出什么来。他的父亲对他没有信赖到把所有私事都告诉他的程度，家里似乎也从不缺钱用，而且就罗伯特所知，艾尔兰先生没有任何挥霍的习惯。令人难以忘怀的那天晚上，他自己和一位朋友在外面吃饭，然后一起去了牛津音乐厅。大约晚上十一点三十分的时候，他在银行门口台阶上碰到父亲，两个人一块儿进了屋。他儿子很肯定地说艾尔兰先生当时看起来没什么反常，一点也没有激动的迹象，而且很愉快地和他道了晚安。

"这真是个非同寻常的疑点，"角落里的老人越说越兴奋，"民众有时候是很笨，但对这件案子却看得很清楚，当然，所有的人都马上很自然地得出这样的结论：艾尔兰太太在撒谎，她撒了一个高尚的、自我牺牲的谎，一个你喜欢说它具有什么美德就有什么美德的谎言，可它毕竟还是个谎言。

"她企图救她的丈夫，但搞错了方法，毕竟詹姆斯·费尔拜恩不可能每一句话都是异想天开。没有人怀疑詹姆斯·费尔拜恩，因为他没有必要犯案。首先，他是个又高又壮而且显然没有什么私心的苏格兰人，虽然艾尔兰夫人说他有，但他也不可能犯案；另外，银行钞票被盗对他没有任何好处。

"不过，别忘了，那里有个疑点，要是没有这个疑点，民众心里肯定认定楼上那个无望康复的病人有罪。每个人都想到了这一点。

"因为，就算艾尔兰先生在晚上九点五十分进入办公室，想拿走银行保险柜里五千英镑的钞票和黄金，同时让事情看起来像是夜间遭窃一样；就算当时他的阴谋被他太太撞见，她又没能劝他把钱放回去，所以只好大胆地加入了他的作案，还笨手笨脚地想把他从困境里救出来，那么，他在已经知道一切的情况下，为什么还会在第二天早上九点钟看到这情形时昏死过去，还得了脑溢血？一个人可能假装昏一段时间，可是没有人能假装发烧和脑溢血，即使恰巧被请来的医生水平很一般，也很快能看出来这些症状其实不存在。

"按照詹姆斯·费尔拜恩的证词，艾尔兰先生一定是在失窃案发生后不久就出门了，又在一个半小时后和儿子一起回来，和儿子说了些话，然后安静地上床睡觉，等到九个小时以后，看到自己犯的案，然后就病倒了。你得承认这不合逻辑。不幸的是，这个可怜的人没办法对那天晚上的悲剧给出任何解释。

"他还是非常虚弱，而且虽然嫌疑很大，但由于医生的嘱咐，他对身上逐渐加重的罪名还一无所知。他焦急地问所有可以到他病床边的人，想了解调查的结果和能否尽快抓住窃贼，可是每个人都被严格嘱咐过，只告诉他说警方什么线索也没有。

"你会和其他人一样，承认那样一个倒霉的人处境非常惨，就算他能辩护的话，面对这么多确凿的证据他也无能为力。这也是为什么我认为大众还是同情他的。可是，一想到他太太很可能知道他有罪，又心焦又害怕地等他恢复健康，之后他就必须面对没完没了的针对自己的猜疑，还有可能要面对公开起诉，还是让人觉得太糟糕了。"

3

"过了将近六个星期，医生最终让他的病人面对那个让他病了这么久的大问题。

"同时，在这么多个直接或间接因这件谜案饱受煎熬的人当中，得到别人最多怜悯和真诚同情的莫过于经理的大儿子罗伯特·艾尔兰。

"你应该还记得他是银行里的职员。嗯，当然，自从大家怀疑他的父亲，他在银行界的地位就保不住了。我想每个人对他都非常友善。在路易斯·艾尔兰先生无法处理事务的这段时间，苏瑟兰·弗兰屈先生担任代理经理，他尽己所能向这位年轻人表示了友好和同情，可是当艾尔兰太太对这桩案子不寻常的态度被众人所知时，罗伯特私底下向弗兰屈先生暗示他决定和英格兰普卫顿银行断绝关系，我想不管是弗兰屈先生还是其他人，都不会太吃惊。

"当然，银行为他准备了最好的推荐信，大家也得知了他的打算，他想等到父亲完全恢复健康，不再需要他留在伦敦的时候，尝试去国外求职。他在考虑是否要去为新殖民地的军警而组织的新志愿者团，如果他希望断绝他和伦敦银行界的一切关系，说老实话，没有人会怪他。大儿子的态度当然没有让他父亲的处境有任何改善。显然，连经理的家人都不相信他是无辜的。

"但他绝对是无辜的。你一定还记得，一等到这可怜的人能够为自己辩白时，事实就很清楚了。他说的这些话也是有他自己的用意的。

"艾尔兰先生一直非常爱好音乐。出事那天晚上，他在俱乐部里坐着，看到当天的报纸刊登了皇后音乐厅的演唱会广告，那是一出特别吸引人的音乐剧。他的穿着并不正式，可是却没法抑制自己的欲望，他非常想去听听这出音乐剧，就算只能看一两幕也好，所以他就逛到音乐厅去了。这一类不在场证据通常很难证实，但奇怪的是，幸运女神这次却眷顾了艾尔兰先生，可能是为了补偿她最近太随意打击他了。

"艾先生的位置似乎有点问题。他是在售票口买到这个座位的票，一进到内厅却发现位子被一位固执的女士坐了，那女士不肯让位。艾尔兰先生只好叫经理来，几个服务员不但记得这件事，还记得这位无辜但成为争执焦点的先生的长相和穿着。

"一等到艾尔兰先生能够为自己讲话，他就提起了这件事，并且提到可以为他作证的那些人。当那些人认出他时，警察和民众都很惊讶，因为他们已经认定除了英格兰普卫顿银行经理本人外，其他人不可能犯这桩案子。另外，艾尔兰先生其实相当富有，他在联邦银行有一大笔存款，还有很多私人财富，这都是他多年节俭生活攒起来的。

"事实证明，如果真的立即需要五千英镑，即那天晚上保险柜被盗的总数，他拥有的许多证券让他能在发出通知后一小时就可以筹到比这多两倍的钱；他的人寿保险费用也全付清了，他欠的债加起来也不到五英镑。

"在那个要命的晚上，他清楚地记得自己要求守夜人不要闩上他办公室的门，因为他本打算回到家后写一两封信，但后来他完全忘了这回事。音乐会结束后，他在牛津街家门外遇到儿子，根本没想到去办公室。而办公室的大门也没有开，看起来没有任何不寻常的迹象。

"詹姆斯·费尔拜恩说他非常肯定曾经听到艾尔兰太太惊讶地说：'怎么了，路易斯，你到底在这里做什么？'艾尔兰先生却坚决否认他那时在办公室里。因此詹姆斯·费尔拜恩说看到经理的妻子很明显只是他的幻觉。

"艾尔兰先生辞去了他在英格兰普卫顿银行的经理职位。他和太太一定感觉到，从大局来看，关于他们一家已有太多的流言蜚语和丑闻嫌疑，这对银行没有好处。而且艾尔兰先生的健康已大不如前。他现在在锡廷伯恩有栋漂亮的房子，空闲的时候做点园艺。而在伦敦，除了与这件谜案直接有关的人外，只有我知道谜团的真正答案。我经常在想，那位英格兰普卫顿银行的前任经理对这件事到底了解多少？"

角落里的老人沉默了一阵。他刚开始讲这故事时，波莉·伯顿小姐就决定要专心听他讲的故事，听听和这案子有关的所有证据，然后跟着线索一步步地思考，好得出自己的结论，也好用自己的聪明吓唬吓唬那稻草人似的老古董。

可她什么也没说，因为她得不出结论。每个人都被这个案子搞得一头雾水，而且从舆论开始怀疑艾尔兰先生的诚实，到证实他的品德绝无问题，案情的几次转折都让大家非常讶异。有一两个人曾经怀疑艾尔兰太太才是真正的小偷，可是很快就放弃了这个想法。

艾尔兰太太有的是钱：失窃案发生在六个月前，在这段时间里她花出去的钱没有一张被查出是遭窃的钞票。而且，如果是她偷的，她一定还有个同伙，因为那天晚上经理室里还有另外一个人。如果这个人是她的同伙，为什么她要冒险当着詹姆斯·费尔拜恩的面大声讲话暴露他？如果熄了灯，让大厅一片漆黑，那不是更简单吗？

"你想的方向完全不对——"一个尖锐的声音响了起来，直接回答了她心中的问题，"完全错了。如果你想学到我归纳的方法，提高你的推理能力，你一定要跟着我的逻辑走。首先，想一个绝对不容争辩，完全可以肯定的事实。你一定要有个起点，而不只是在反复地假设。"

"可是这案子里没有可以肯定的事实。"她生气地说。

"你说没有吗？"他静静地说，"三月二十五日晚上十一点三十分以前，五千英镑的钞票被偷，难道这不能肯定吗？"

"没错，只有这个是肯定的，而且……"

"保险柜的锁没有被撬，所以保险柜一定是用正常的钥匙打开的，"他平静地打断了她，"难道你说这不能肯定？"

"我知道!"她怒气冲冲接过话道,"这也就是为什么大家都认为詹姆斯·费尔拜恩不可能——"

"好,詹姆斯·费尔拜恩不可能这样、那样,他却看到玻璃门是从里面反锁的。艾尔兰太太亲眼看到她丈夫昏倒在打开的保险柜前时,亲自开门让詹姆斯·费尔拜恩进入经理室,难道这不能肯定?这当然可以肯定,而如果保险柜是用正常的钥匙打开的,一定是有人拿到钥匙去打开,任何能思考的人都会认为这也是肯定的。"

"可是在经理室里的那个人……"

"没错!在经理室的那个人!你能不能把和这个人有关的信息都列出来。"这可笑的老人每说一点就在细绳上打一个他最喜欢的结。

"这个人是那天晚上可以拿到保险柜钥匙,而经理甚至连经理的太太都没有觉察到的人,并且是个艾尔兰太太愿意为他编造一个看上去是谎言的人。一个中产阶级中比较有钱的女人,而且是个英国女人,会愿意为不相关的人做伪证吗?当然不会。她可能会为了丈夫这样做。民众都认为她是为了丈夫,可是却从来没有想过,她也可能是为了儿子。"

"她的儿子!"波莉惊叫起来。

"对!她是个聪明的女人,"他突然急切地说出这句话,"是个有勇有谋的女人,我想我没见过能跟她相比的女人。她上床之前跑下楼去看最后的邮车有没有送信来,看到丈夫办公室的门半开着。她把门推开，靠着匆忙中点着的火柴，她马上明白有小偷站在打开的保险柜前，而且她那时已经认出小偷就是她儿子。就在这个时候，她听到守夜人的脚步声走近玻璃门。没有时间警告她的儿子，她不知道玻璃门已经上锁，她只知道詹姆斯·费尔拜恩可能会开灯，看到这个年轻人正在偷银行保险柜里的东西。

"要让守夜人放心只有一个办法。晚上这个时间只有一个人可以待在这里，所以毫不犹豫地，她叫出她丈夫的名字。

"提醒你一下，我非常相信那可怜的女人那个时候只想争取时间，而且我也相信她非常希望她的儿子还没有机会违背良心犯下如此大罪。

"母亲和儿子之间的事，我们永远不会知道，可是我们知道的是，那年轻的坏蛋带着赃款逃掉了，而且他相信他的母亲绝不会出卖他。可怜的女人啊！那晚一定很难熬，可是她聪明又有远见，知道她的做法不会损害丈夫的品德，所以她做了这件她唯一能做的事来救儿子，甚至不顾他父亲勃然大怒，还大胆地否认了詹姆斯·费尔拜恩的陈述。

"当然，她完全清楚丈夫自己可以轻易洗清嫌疑，而别人对于她最坏的评论也不过是说她在相信丈夫有罪的情况下还去救他。她相信时间会洗刷她在失窃案中的所有罪名。

"现在大家都已经忘了案子大部分的细节，警方还在观察詹姆斯·费尔拜恩的工作动态和艾尔兰太太花的钱。你也知道，到目前为止，从她那儿花出去的钱还没有一张被查出是银行失窃的钞票。尽管如此，倒是有一两张失窃的钞票从国外流回英国。大家都没有意识到在国外，找换店能轻易把英国钞票换成当地现金。找换店很乐意拿到英国钞票，只要钞票是真的，他们哪管钱从哪里来？再过一两周，找换店连是谁拿英国钞票来换，都认不出来了。

"你知道，年轻的罗伯特出国了，总有一天他赚了大钱后会回来。这是他的照片，这个是他母亲——聪明的女人，是不是？"

波莉还没来得及回答，老人就走了。她实在没看过有谁像他那么快就从房间里穿过。但他总会留下一些有趣的痕迹：一根打满了结的细绳和几张照片。

都柏林谜案

1

"我总觉得这桩案子和我看过的其他假遗嘱案一样有趣。"一天，角落里的老人说道。他已经沉默了一阵，若有所思地把他皮夹里的一叠小照片分了分，又仔细瞧了瞧。波莉心想，他很快就会把其中一些照片放在她面前让她看。她并没有等太久。

"这是老布鲁克斯，"老人指着一张照片说，"人称百万富翁的布鲁克斯，那两个是他的儿子，珀西瓦尔和默里。这是个奇怪的案子，是不是？警方感到毫无头绪，我对此并不奇怪。如果这些令人尊敬的警察中正好有人和伪造假遗嘱的人一样聪明，这个国家破不了的案子就少了！"

"这也就是为什么我一直想劝你用你的洞察力和智慧，为我们可怜而无知的警方指点指点。"波莉微笑着说。

"我知道，"他平静地说，"你是好心，可我只是个业余的，只有案子像一局精彩的棋局时才会吸引我，走了这么多复杂的棋步，只为了一个结局：把对手，也就是我国警方将死！好，承认吧，这桩都柏林谜案绝对将死了聪明的警察。"

"绝对是。"波莉赞同。

"民众也是。其实城市里有两件案子把警方完全搞昏了，一件是律师帕特里克·韦瑟德被杀，另一件就是百万富翁布鲁克斯的假遗嘱。爱尔兰的百万富翁不多，难怪老布鲁克斯在他那行是个大名人，因为他的生意——似乎是做培根肉——据说价值超过两百万英镑。

"他的小儿子默里是个有教养而且受过高等教育的年轻人，不但是父亲眼里的宝贝，也是都柏林上流社会的宠儿。他长得英俊，舞跳得好，马术也一流，是许多姑娘结婚的热门人选。许多贵族的房门都对这位百万富翁的宝贝儿子敞开。

"当然，大儿子珀西瓦尔·布鲁克斯会继承老布鲁克斯的大部分财产，也可能得到公司里的多数股份。他也很英俊，可能比弟弟还好看；他也会骑马跳舞，口才也好，可是早在许多年以前，家有少女待嫁的妈妈们就已经放弃争取珀西瓦尔当他们家的女婿了。因为这位年轻人非常迷恋梅齐·弗特斯克。这位小姐魅力十足，但来历不明，她优美的舞步，曾经使伦敦和都柏林音乐厅的观众震惊不已。大儿子对她的迷恋众人皆知，根深蒂固，其他姑娘觉得不存在他选择别人的希望。

"珀西瓦尔会不会娶梅齐·弗特斯克其实很值得怀疑。老布鲁克斯对他的财产拥有绝对的支配权，如果珀西瓦尔把一个不符合他的价值观的女人娶进费兹威廉庄园的豪门，那些财产很可能就没珀西瓦尔的份。

"事情是这样的，"角落里的老人继续说，"某天早晨，都柏林上流社会的人士惊讶地发现老布鲁克斯在病倒几小时后就死在家里。大家都知道他是在二月一日很晚的时候中风，但他在去世前一天谈生意时仍然精神矍铄，看上去还像以前一样健壮。

"大家都是在二月二日的早报上读到这则悲剧的，而在这个多事早晨，这些报纸也刊载着另一条更令人吃惊的新闻，这为多年来安静祥和的都柏林接下来发生的一连串轰动事件拉开了序幕。这则新闻就是：都柏林最有钱的百万富翁刚刚去世，他的律师帕特里克·韦瑟德先生在当天下午去拜访费兹威廉的客户后，傍晚五点，在回家的路上被人于凤凰公园内杀害。

"帕特里克·韦瑟德也是本城的知名人物，他离奇而悲惨的死亡让都柏林人心惶惶。这位律师大约六十岁，被人用一根重棒击打后脑后勒死，身上的财物都被抢走。因为在他身上没有找到钱、手表或皮夹，警方很快在帕特里克·韦瑟德先生的住处推测出他那天下午两点钟离家时，表和皮夹都带在身上，当然也带着钱。

"针对本案的侦讯庭开庭，结果是确定他被某个或某些身份不明的人蓄意谋杀。

"可是都柏林的轰动新闻还没结束呢。百万富翁布鲁克斯的葬礼现场排场豪华，而他的遗嘱也被他的大儿子及唯一的执行人珀西瓦尔查验过（他的企业和个人资产估计在二百五十万英镑左右）。至于默里，这位小儿子，在珀西瓦尔忙于追逐芭蕾舞娘和音乐厅歌手之际，他一直陪伴着父亲，而父亲也将他视若珍宝，但在遗嘱中，他每年却只能得到微薄得近乎吝啬的三百英镑，而且没有得到都柏林庞大的布氏家族企业的任何股份。

"布鲁克斯家里显然发生了什么事，都柏林的普通民众和上流社会人士都在揣测，但却徒劳无获。年长的妇人们和初次参加上层社会社交活动的少女都已经在想最好的办法，要在下一季和默里保持距离，他在姑娘们心中突然身价大跌，顿时无人问津。可是这些耸人听闻的新闻都因一件巨大而且让人猝不及防的丑闻所终结，这件丑闻被披露后的三个月，依然是都柏林每户人家闲暇时的谈资。

"这件丑闻，也就是默里·布鲁克斯先生向法院诉请为一份他父亲在1891年立下的遗嘱进行认证。他宣称他父亲死亡那天立下并被他定为唯一执行人的哥哥确认过的遗嘱是没有法律效力的，那一份是假的。"

2

"和这桩不同寻常的案件有关的各种曲折事实的确难倒了所有的人。就像我刚才说的，布鲁克斯先生的朋友们一直都不明白老布鲁克斯为什么会完全剥夺他最喜欢的儿子继承庞大家业的权利？

"你知道，珀西瓦尔一直是老布鲁克斯先生的一块心病。赛马、赌博、泡剧院、混音乐厅，这一切在这个做猪肉生意的老屠户眼里，都是他儿子每天在做的坏事，而整个费兹威廉庄园的人都可以证明，他们父子之间就珀西瓦尔赛马或赌博欠债的事情已经吵过许多次。很多人肯定地说，老布鲁克斯先生宁可把钱捐给慈善机构，也不愿把钱挥霍去打扮音乐厅舞台上最闪亮的明星。

"案子的听证会在初秋举行。这期间珀西瓦尔已经不再去赛马场，他现在住在费兹威廉的庄园，把以前花在无聊事情上的精力用来打理父亲的企业，连个经理都没雇。

"默里决定不再待在老房子里。他肯定是触景伤情了，住到威尔森·希伯特先生家。希伯特先生是惨遭谋杀的律师帕特里克·韦瑟德先生的合伙人，他们一家人安静朴实，住在基尔肯尼街上一个非常拥挤的小房子里。可怜的默里，从父亲的庄园生活变成现在委身于狭小的房间，三餐吃家常菜，除了悲伤之外，他一定很感慨。

"而现在一年收入超过十万英镑珀西瓦尔·布鲁克斯却遭到外界的谴责，因为他严守父亲的遗嘱，每年只给他弟弟三百英镑，这点钱实际上就像是他丰盛的晚餐桌上剩下的一点面包渣。

"这一桩真假遗嘱的谜案因此引起了大众强烈的兴趣。一方面，当初在帕特里克·韦瑟德先生的谋杀案上有很多话说的警方却突然沉默了起来。这种沉默在民众心中引起了相当程度的不安，

直到有一天,《爱尔兰时报》刊载了下面这段非同寻常、让人捉摸不透的文字:

"'我们从当局那得到的消息确凿,事态超乎想象的发展应该和知名人士韦瑟德先生惨遭杀害有关。实际上,警方已经掌握了一条线索,本想秘而不宣,但没什么用。这条线索很重要,而且耸人听闻。现在只需要等遗嘱检验法院把一桩广为人知的诉讼案里悬而未决的事情理清,就可以动手抓人了。'

"都柏林的市民如潮水般涌入法庭,想听听这个遗嘱大案的辩论,我自己也花了工夫,挤进了都柏林水泄不通的法庭,特别留意这出戏里的几个演员,作为旁观者,准备好好欣赏这出戏。那两个诉讼当事人,珀西瓦尔·布鲁克斯和弟弟默里都很英俊,穿着讲究,都在和各自的律师不断地谈话,看上去他们对这件事似乎都很平静,但又很有信心。跟珀西瓦尔在一起的是亨利·奥兰摩,他是爱尔兰著名的大律师;而为默里辩护的是司法界新秀沃尔特·希伯特,他是威尔森·希伯特的儿子。

"默里申请确认的遗嘱是老布鲁克斯先生在一次病危时立下的,签署日期是一八九一年。这份遗嘱一直存放在帕特里克·韦瑟德和希伯特两位先生——也就是老布鲁克斯的律师那里。根据这份遗嘱的内容,老布鲁克斯先生把他的不动产平均分给了两个儿子,可是整个生意都留给小儿子,每年再从公司账里拿出两千英镑付给珀西瓦尔。所以你应该明白了默里为什么会那么在意第二张遗嘱的法律效力。

"老希伯特先生把他的儿子教得很好。沃尔特·希伯特的开场白非常聪明。他说他可以代表他的当事人证明签署日期为一九〇八年二月一日的遗嘱不可能是已经去世的老布鲁克斯先生立下的，因为里面的内容和他众人皆知的遗愿完全相反，就算布鲁克斯先生出事那天真的立下了新的遗嘱。那也'不可能'是珀西瓦尔拿去认证过的那份，因为那份遗嘱从头到尾是一张假遗嘱。沃尔特·希伯特先生提议传唤几位证人来支持这两个论点。

"另一方面，大律师亨利·奥兰摩先生也非常干练而且客气地回答说，他也有几位证人可以证明老布鲁克斯先生的确在有争议的那天立下了一份遗嘱，不管他过去的意思是什么，他一定在死去的那天修改了遗嘱，因为珀西瓦尔·布鲁克斯先生确认过的那张遗嘱是在老布鲁克斯先生死后，在他的枕头下发现的，上头签了字还有见证人签字，从头到尾都合法。

"之后，这场法庭上的战斗就真正开始了。双方都传唤了许多证人，他们的证词多多少少都有些价值，不过大部分都不太重要。而大家的兴趣都集中在约翰·欧尼尔这个小角色身上，他是费兹威廉的管家，在布鲁克斯家已经三十年了。

"'我当时正在收拾早餐餐具，'约翰说，'这时听到主人的声音从附近的书房里传出来。天呐，他非常生气！我能听到他说了一些话，像是"丢脸""无赖""骗子""芭蕾舞娘"，还把一两个丑陋的单词用在了某位女士身上，我不想重复这些话。最开始我没有太注意，因为我已经习惯了我可怜的主人和珀西瓦尔先生吵架。

所以我拿着早餐餐具下了楼；可是我刚开始清洗银器，书房的铃就猛地响个不停，然后我听到珀西瓦尔先生在大厅里喊："约翰！快来！马上把慕里根医生找来。你的主人不舒服！叫个人去找医生，你上来帮我把布鲁克斯先生抬到床上去。"

"'我找了个马夫去请医生，'约翰继续说，他似乎对老主人很有感情，和主人非常亲近，'然后我上楼去看老主人。我发现他躺在书房的地上，珀西瓦尔先生用手臂撑着他的头。"我爸爸昏倒了，"少主人说，"帮我把他抬到他的房里去，等慕里根医生来。"

"'珀西瓦尔先生看来苍白忧郁，当然那是很自然的。等我们把可怜的主人抬上床后，我问他要不要我去找默里先生，把这个消息告诉默里先生，因为他一小时之前上班去了。可是珀西瓦尔先生还没来得及指示我，医生就来了。我想这时我已经看到死亡明白地写在主人的脸上。一个小时以后我送医生出门，他说他马上就回来，我知道，死亡已经接近了。

"'过了一两分钟，老布鲁克斯先生摇铃叫我去。他要我马上去找韦瑟德先生，如果他不能来，那就找希伯特先生。"约翰，我的时间不多了，"他对我说，"我的心碎了，医生说我的心碎了。约翰，人不应该结婚生孩子的，他们迟早会让你心碎。"我难过得说不出话，不过还是马上找人去请韦瑟德先生，那天下午大约三点钟，他亲自来了。

"'他和主人谈了一个小时后，我被叫进房，韦瑟德先生告诉我说老布鲁克斯先生刚签好一份文件，就放在他床边的桌上，他希望我和另一个仆人做这份文件的见证人。我于是把男仆领班派特·慕尼叫来，老主人当着我们两个的面在文件最下面签上了名字。然后韦瑟德先生给了我一支笔，叫我把名字写上去，这样就成了证人，也叫派特写。然后，他跟我们说我们可以离开了。'

"这位老仆人继续说下去。第二天他在已经去世的主人房里时，殡仪馆来了人要抬主人出去，他们发现他枕头底下有张纸。约翰·欧尼尔认出那就是他前一天署名的那张纸，于是他拿着这纸去找珀西瓦尔先生，并将纸交到他手上。

"针对沃尔特·希伯特先生的开场白，约翰很肯定地说他从殡仪馆人员手上拿到纸之后，就直接送到珀西瓦尔先生的房里。

"'只有他一个人，'约翰说，'我把那张纸交给他。他只看了几眼，我觉得他看起来很惊讶，可是他什么也没说，于是我马上就离开了房间。'

"'你说你认出是你前一天看到老布鲁克斯先生签名的那张纸，你是怎么认出这是同一张的呢？'在旁听席上所有人屏住呼吸的关注中，希伯特先生问了这个问题，这时我仔细观察了证人的脸。

"'先生，在我看来就是同一张纸。'约翰的回答有点模糊。

"'那你看过那张纸的内容了？'

"'我没看过，先生，当然没有看过。'

"'你前一天看过吗？'

"'没有，先生，只在主人签字的时候看过。'

"'那么你只是从纸的表面看起来是同一张纸吗？'

"'先生，它看起来是一样的。'约翰非常坚持地说。

"你看，"角落里的老人继续说，身体因为着急而向前倾，撑在了窄小的大理石桌上，"代表默里·布鲁克斯的律师集中强调的是老布鲁克斯先生立下了遗嘱之后，不知道是什么原因，把它藏在了枕头底下。后来就像约翰·欧尼尔说的，这份遗嘱落入了珀西瓦尔·布鲁克斯先生的手里。他把这份遗嘱销毁，然后用一张伪造的遗嘱代替，里面把老布鲁克斯先生的百万家产全部判给了他自己。虽然他也有过年少轻狂的日子，但对一位爱尔兰上流社会知名而重要的绅士来说，这一指控很严重也很大胆。

"在场的人都对自己听到的情况十分惊讶，从我周围听到的窃窃私语，我发现公众舆论至少并不支持默里·布鲁克斯先生对他哥哥的大胆指控。

"可是约翰·欧尼尔的证词还没说完，而沃尔特·希伯特先生还藏有更惊人的东西。他拿出一张纸，就是那张珀西瓦尔·布鲁克斯认证过的遗嘱，然后问约翰·欧尼尔能不能再认出这张纸。

"'当然可以，先生，'约翰毫不迟疑地说，'这就是殡仪馆人员在可怜的老主人枕下找到，我当时立刻拿到珀西瓦尔先生房间去的那张纸。'

"律师于是把纸打开，放在证人面前。

"'现在，欧尼尔先生，能不能请你告诉我，那是你的签名吗？'

"约翰看了一会儿，说：'对不起，先生。'然后拿出一副眼镜，仔细调整后才戴上，他这才重新仔细看那张纸。然后他若有所思地摇摇头。

"'先生，这不太像是我写的字，'他终于说话了，'我的意思是，'他继续说，想解释得更清楚些，'看来确实像我的字迹，但我觉得不是。'

"这时候珀西瓦尔·布鲁克斯露出那种表情，"角落里的老人静静地说，"当时我就了解了整个经过，那场争吵，老布鲁克斯先生的病，他的遗嘱。没错！还有帕特里克·韦瑟德的谋杀案。

"我奇怪的是双方这些见多识广的律师们怎么没有一个像我一样掌握到线索，反而花了将近一个星期的时间在那儿争论不休，反复地审来审去，才得出一个一开始就一定会得到的结论，那就是：遗嘱是伪造的。这是一桩手段拙劣、构思愚蠢的遗嘱伪造案，因为约翰·欧尼尔和派特·慕尼两位证人都坚决否认上面是他们自己的签名。伪造遗嘱的人唯一模仿成功的是老布鲁克斯先生的签名。

"还有一件奇怪的事，这事毫无疑问给伪造遗嘱的人帮了一个大忙，让他很快就完成了伪造，那就是韦瑟德律师一定清楚老布鲁克斯先生时日无多，所以没有按照通常律师该做的程序草拟正式的遗嘱文件，而是用一种印好的普通表格来当写遗嘱用的纸，在任何文具店里都买得到这种表格。

"当然，珀西瓦尔·布鲁克斯先生完全否认加在他身上的一系列严重罪名。他承认管家在他父亲死后第二天早晨拿了份文件给他，在看了几眼后，他发现那份文件是父亲的遗嘱，的确感到很惊讶。此外，他还说自己并不对遗嘱的内容感到意外，因为他已经知道立遗嘱者的意图，可是他的确以为父亲已把遗嘱托付给了韦瑟德先生，因为韦瑟德先生负责处理他父亲所有的事务。

"'我只是看了几眼签名，'他的语调非常冷静，'你必须明白我心里绝对没有想过要伪造遗嘱，而且我父亲的签名被模仿得那么像，如果说那确实不是他的签名，我根本不敢相信。至于那两位证人的签名，我想我以前从来没看过它们。我把文件拿给巴克斯东和莫德两位先生看，他们以前常常替我办事。他们跟我保证说这份遗嘱的格式正规，完全符合规定。'

"问他为什么不把遗嘱交给他父亲的律师，他回答：'原因非常简单。就在我拿到遗嘱的半个小时以前，我在报纸上读到帕特里克·韦瑟德先生前一天晚上被人谋杀了，而我又并不认识他的合伙人希伯特先生。'

"他作完证之后，为了遗嘱格式的问题，我们听了一大堆专家针对死者签名提供的证词。但得到的都是一样的东西，只是更加统一认定了一个本来无可置疑的事实，那就是：签署日期为一九〇八年二月一日的遗嘱是伪造的，日期为一八九一年的被证明是真的，并且将执行权判给了默里·布鲁克斯先生，也就是遗嘱中提到的唯一执行人。"

3

"两天以后，警方申请了一张逮捕令，以伪造罪逮捕珀西瓦尔·布鲁克斯。

"官方起诉了他，而布鲁克斯先生再次由大名鼎鼎的奥兰摩大律师为他辩护。他非常镇定，像个问心无愧却又不能理解正义有时候也会有偏颇的人。珀西瓦尔先生，这位按照前一份遗嘱，依然掌握庞大产业的百万富翁之子，在一九〇八年十月一个难忘的日子站在被告席上，他的许多朋友肯定至今还记得这一幕。

"所有与布鲁克斯先生在世最后一日和伪造遗嘱有关的证词又从头过了一遍。按照检察官的说法，那张伪造的遗嘱完全支持被告，其他人什么也分不到，除了被告之外，显然没人有伪造这份遗嘱的动机。

"珀西瓦尔·布鲁克斯脸色非常苍白，一双漂亮深邃的爱尔兰眼睛，眉头深锁，专心听着检方用来指控他的一大堆证词。

"他偶尔会和奥兰摩先生简单地讨论一下，这位大律师倒是泰然自若。你见过奥兰摩先生出庭吗？他非常像狄更斯笔下的人物。爱尔兰的口音，又胖又圆的脸上胡子刮得干干净净，那双大手却不怎么清洁，他是漫画家喜欢的那种人。在这次难忘的庭审中，大家很快就发现，他为当事人做的辩护有两个主要论点，而他竭尽全力要把这两点说明白。

"第一点是时间问题。约翰·欧尼尔在接受奥兰摩讯问的时候，毫不迟疑地说他是在上午十一点把遗嘱交给珀西瓦尔先生的。珀西瓦尔拿到遗嘱后，马上拿去给两位律师，现在这位大律师把这两位律师请上了证人席。巴克斯东先生是国王街的一位著名律师，他肯定地说珀西瓦尔·布鲁克斯先生是十一点四十五分去了他办公室，而他的两个职员证词完全一样。因此奥兰摩先生辩论说在四十五分钟之内，珀西瓦尔先生要跑到文具店买遗嘱用的表格，模仿韦瑟德先生的笔迹，伪造他父亲、约翰·欧尼尔和派特·慕尼的签名，在这么短的时间内，做这些事是'不可能的'。

"这样的事情要是经过事先计划、安排和练习，费了很大工夫之后还是有可能做得到的。但另外还有一件事，就让人想不通了。

"这时法官还是犹豫不决。他认为被告是有罪的看法被大律师动摇了，但还没有瓦解。可是这个奥兰摩像个剧作家一样，为这出戏的落幕准备了另一个论点。

"他留意法官的所有表情，猜到他的当事人还没完全脱险，这才把最后的两位证人传唤出来。

"其中一个是玛丽·苏莉文，费兹威廉庄园的一个女佣。二月一日下午四点，厨师叫她端热水到主人的房间去，是护士吩咐的。正要敲门时，韦瑟德先生刚好从房里出来。玛丽端着盘子站在一边，而韦瑟德先生在门口转身向房里大声地说：'好了，别发愁也别着急，尽量冷静一下。你的遗嘱在我口袋里很安全，除了你自

己，谁也改不动一个字。'

"当然，能不能接受这女佣的证词，这在法律上是个很棘手的问题。你知道，她引述的是一个已经死掉的人对另一个也已经死掉的人讲的话。毫无疑问，如果检方认定对珀西瓦尔·布鲁克斯不利的证据确凿，玛丽·苏莉文说的就什么也不算了，可是，就像我之前告诉你的，法官对被告有罪的看法已经严重动摇，而奥兰摩先生就对准这一点打出最后一击，瓦解了法官仅存的疑虑。

"于是慕里根医生被奥兰摩先生请上证人席。他在医学方面的权威地位毋庸置疑，事实上，他绝对是都柏林医学界的泰斗。他所说的话实际上证明玛丽·苏莉文的证词是真实的。那天下午四点半他去见老布鲁克斯先生，从病人那里知道律师刚刚离开。

"老布鲁克斯先生虽然非常虚弱，不过他很冷静沉着。他因为心脏病突发快要死了，慕里根先生其实已经看出他马上要不行了，可是他的意识还是很清醒，能尽量而又虚弱地说：'我现在安心多了……医生……我写好了遗嘱……韦瑟德先生来过……遗嘱在他口袋里……很安全的……不会被那个……'可是他的话讲到嘴边就没了，然后几乎就没再说过话。他死前见过两个儿子，可是几乎不认得他们，或甚至不看他们。

"你知道，"角落里的老人总结道，"你知道起诉一定不会成立。这个罪名被奥兰摩弄得完全站不住脚。遗嘱是伪造的，这一点毫无疑问，被伪造成了完全对珀西瓦尔·布鲁克斯有利，对其他人毫无益处，等于是为了他和他的利益伪造。就我所知，他是否知道遗嘱被伪造，这一点永远无法证明，一点线索也找不到。可是所有的证词都指出，至少他在伪造遗嘱的行动方面是无辜的，没可能推翻这些证词。你知道，慕里根医生的证词是无法撼动的，而玛丽·苏莉文的证词也同样有说服力。

"这两位证人信誓旦旦地说，老布鲁克斯先生的遗嘱在韦瑟德先生那保管着，这位律师在四点十五分离开费兹威廉庄园，下午五点钟就被人发现死在凤凰公园里。那天下午四点半到晚上八点，珀西瓦尔·布鲁克斯没有离开过房子，奥兰摩后来也完全证实了这一点。既然老布鲁克斯先生枕头底下的那张是伪造的遗嘱，那么他立下的真遗嘱，也就是韦瑟德先生放在口袋里带走的那张去哪儿了呢？"

"当然是被那些谋杀他又抢走他东西的人偷走了，"波莉说，"遗嘱对他们来说可能没什么价值，可是他们一定会毁掉遗嘱，以免留下一条对不利于他们的线索。"

"那你是认为这只是巧合喽？"老人兴奋地问。

"什么？"

"韦瑟德在口袋里正好带着遗嘱的时候被劫杀，而正好又有另一张伪造的遗嘱取代了之前的遗嘱？"

"嗯，如果是个巧合的话，也的确很奇怪。"她若有所思地说。

"的确，"他带着讽刺重复她的话，瘦骨嶙峋的手指却在紧张地玩弄着那根必不可少的细绳，"的确是够奇怪的。把整件事好好想想！一个老人有一大笔财产，还有两个儿子，一个是他喜欢的孩子，另一个除了跟他吵架，什么也没有。有一天又发生了争吵，可是这次争吵比以前的都要更激烈、更可怕，结果让这个父亲非常伤心。虽然他是中风，实际上却死于心脏病。争吵后他修改了遗嘱，接着却又出现一张后来被证明是伪造的遗嘱。

"现在，警方、媒体、民众都一样，所有人马上就得出结论，认为因为珀西瓦尔·布鲁克斯从伪造的遗嘱中获益，所以他就是伪造遗嘱的人。"

"找出一个案子里谁能受益是你自己的格言。"波莉争辩道。

"对不起，你说什么？"

"珀西瓦尔·布鲁克斯得到了多达两百万英镑的好处。"

"对不起，他根本没有做这种事。留给他的遗产还不到他弟弟继承的一半呢！"

"对是对，可那是以前那张遗嘱里的，而且……"

"而且这张假遗嘱伪造得这样拙劣，签名模仿得粗心大意，所以一定会被人发现其中造假。你想到过这一点吗？"

"想过，可是……"

"没有可是，"他打断道，"对我来说，这整件事打一开始就明明白白。跟老人争吵、诱发他心脏病的不是常常和他争吵的大儿子，而是他十分信任、认为完美的小儿子。你不记得约翰·欧尼尔听到的字眼'骗子''欺骗'吗？珀西瓦尔从来没有欺骗过他的父亲，他的过错都摆在了桌面上。默里则有另一面的生活。他讨好父亲，迎合他，就像大多数伪君子一样，可最后他父亲还是发现了，谁知道是因为他欠了什么赌债还是出去丢脸了呢？这就是最后那场致命争吵的原因。

"你记得，一直陪在他父亲身边，而且把他抬到房间里的是珀西瓦尔，而默里这个被当成宝贝儿子宠爱的人，当他的老父亲躺在床上奄奄一息、度过那漫长而痛苦的一天时，他在哪儿？那天你没有听到有任何人提过他在场，可是他知道他让父亲非常生气，而且他父亲要完全取消他的继承权。他也知道律师韦瑟德先生被请来，而且四点钟过后不久，他就离开了他们家。

"从这里开始就是这个人要聪明的地方。他埋伏在那儿等韦瑟德先生来，然后拿一根棒子打了他的后脑勺，可这还不能让遗嘱消失。虽然可能性不大，但还是可能有其他证人知道老布鲁克斯先生立下了一张新遗嘱，比如韦瑟德先生的合伙人、他事务所的职员或是布鲁克斯家的某个佣人。所以，老人死了以后，一定要有人发现一份遗嘱。

"好，默里·布鲁克斯不是伪造专家，要成为这样的专家得训练好多年。他自己伪造的遗嘱一定会穿帮——没错，就是这样，一定会穿帮的。伪造的遗嘱做假的痕迹很明显，那么就干脆让它明显吧，然后就可以被人发现，而既然是假的，那么一八九一年立下的那张真遗嘱，也就是对这年轻恶棍自己大大有利的那张就成了有效遗嘱。至于默里在伪造的遗嘱上写下对珀西瓦尔明显有利的条件，是开玩笑，还是只是格外小心，这就无从得知了。

"不管怎样，这是这桩经过精心谋划的犯罪里最聪明的一步。

计划很麻烦，而执行起来很容易，他有好几个小时的时间去执行。至于晚上把假遗嘱塞到死者的枕头底下，那就更简单了。对默里·布鲁克斯这种人来说，大逆不道的行为根本不会让他害怕。这出戏的其余部分，你都已经知道了……"

"那珀西瓦尔·布鲁克斯呢？"

"陪审团对他的判决是'无罪'，因为没有对他不利的证据。"

"可是钱呢？那个坏蛋该不会还在享受那一大笔钱吧？"

"没有。他享受了一阵子，可是他三个月前死了，而且忘了做防备措施，未曾立下遗嘱，所以他的哥哥珀西瓦尔最后还是得到了家里的产业。如果你哪天去了都柏林，你可以点一些布氏牌的培根肉尝尝，很好吃的。"

布莱顿案

1

"你喜欢海边吗？"角落里的老人刚吃完午餐，问道，"我不是说像奥斯坦德或特罗维尔那样的海滩，而是真正的英国海滨：有黑人歌手吟唱，有花三先令来这儿观光的游客，还有又脏又贵、带家具出租的公寓，平日晚上点亮走廊的瓦斯灯得花你六便士，星期天更是要花一先令。你喜欢这种吗？"

"我喜欢乡村。"

"啊，也许乡村更好。我个人只喜欢过咱们英国的海边一次，那是爱德华·斯金纳被控犯下大家称为'布莱顿暴力事件'的案子。我不知道你还记不记得布莱顿的那天？对优雅的小镇布莱顿来说，那是令人难忘的一天。当地最知名的市民之一，弗朗西斯·莫顿先生失踪了。没错，他完全消失了，就像音乐厅里消失的女人一样。他很有钱，住好房子，有仆人，有妻子儿女，可是他失踪了。拥有这些东西，他是不可能离开的。

"弗朗西斯·莫顿先生和妻子住在布莱顿城尾肯普镇索塞克斯广场上的一栋大房子里。莫顿太太很出名，不仅是因为她的美国人做派，也因为她家大排场的晚宴和华丽的巴黎礼服。她是美国一个百万富翁的女儿，美国的百万富翁可多了（我想她父亲是个芝加哥的猪肉屠宰商）。这些美国百万富翁，正好替英国男士们养了一群有钱的妻子，莫顿太太几年前为她丈夫带来了二十几万英镑，只因为她爱上了他。莫顿既不英俊也不出色，事实上，看起来就像是个浑身上下都贴满都市人标记的普通人。

"他的生活是中规中矩的，每天早上搭'丈夫专列'往北去伦敦上班，下午回布莱顿。因为他的生活太有规律，所以三月十七日星期三那天他没有回家吃晚饭，索塞克斯广场家里的佣人就忍不住说了起来。管家黑尔斯说女主人显得有点焦急，没吃什么东西。天色越来越暗，可是莫顿先生还是没有出现。九点钟的时候，门房被派去火车站，询问下午是否有人在那儿看到男主人，或是查查——上帝保佑这不会发生——火车线路上有没有发生交通事故。那小伙子问了两三个搬运工、书报摊小童和售票员，大家都说莫顿先生今天早上没有去伦敦上班，因为没有人看到他出现在车站附近，而北上或南下的列车都没听说有事故发生。

"到了十八日早晨，邮差像往常一样第一个敲门，可是莫顿先生还是一点影子和消息都没有。莫顿太太显然一夜无眠，因为她看来既伤心又憔悴，她给堪农街一栋大厦的门房发了电报，她丈夫的办公室就在这里。一个小时后，她收到了回电。'昨日整日未见莫顿先生，今日亦然。'到了下午所有的布莱顿人都知道，有个市民神秘失踪了。

"之后又过了几天，莫顿先生还是没有踪影，警方尽全力去找。他在布莱顿已经住了两年，大家都认识他，所以不难确定他有没有离开布莱顿市，因为十七日上午没有人在车站见到他，那天以后他也没有在那儿出现过。一股隐隐的骚动在整座城市蔓延开来。一开始，报纸对这件事的报道还有点调侃的味道，晚报提要板块出现的总是'莫顿先生在哪儿?'这样的标题。可过了三天，这位良好市民还是不见人影，而莫顿太太看来愈来愈憔悴，形容枯槁，隐隐的骚动变成了焦虑。

"犯罪的迹象现在逐渐显现。有泄露出的消息显示莫顿先生失踪那天身上带着一大笔钱。另外，还有一些不清不楚、关系某桩丑闻的谣言传出，都和莫顿太太以及她的过去不无关系，这是因为她对于丈夫下落不明感到非常焦虑，不得不对负责本案的探长透露的。

"到了星期六，晚报上出现这样一则新闻:

"'根据得到的消息，警方今天闯入国王广场高级出租公寓"罗素居"的一间房，找到了本市失踪的知名人士弗朗西斯·莫顿先生。他自十七日星期三遭抢劫后，就一直被关在这个房间里，等到发现他的时候，他已经处于极度营养不良的状态。被绳子绑在安乐椅上，一条厚厚的围巾缠住了他的嘴。在空气、食物都缺乏的情况下，这位先生能在被囚禁四天后幸免于难，确为奇迹。

"'目前莫顿先生已被送回索塞克斯广场的住所，而我们在此很高兴地告诉各位读者，负责为他治疗的莫里什医生宣布他已经脱离危险，只要好好照顾，多休息，很快就会恢复。

"'同时，对于犯下这桩空前暴行的罪犯，本市警方也以一贯的机敏与效率，发现了他的身份与下落，得知本消息的诸位读者当会深感欣慰。'"

2

"我确实不知道，"角落里的老人继续地淡淡说，"最开始这件案子到底是什么吸引了我。其实真的没什么了不得或是很神秘的东西，可是我还是赶去了布莱顿，因为我感觉到在这宗不寻常的抢劫绑架案后面肯定藏有更深更微妙的东西。

"我必须得告诉你，警方掌握了线索，他们也随意让大家知道这个消息。谁在罗素居租了那间房，很容易就能查清楚。他的名字应该是爱德华·斯金纳，大概是两个星期以前租的。可是在莫顿先生神秘失踪的那天，他看起来似乎已经出门两三天了。莫顿先生是在二十日被发现的，36个小时后，当听到警方已经在伦敦找到爱德华·斯金纳，而且以暴力袭击弗朗西斯·莫顿先生并抢劫一万英镑的罪名将其逮捕时，民众都感到很欣慰。

"接下来，这件已经令人困惑的案子又加入了引起轰动的新情节，因为弗朗西斯·莫顿先生令人意外地宣布拒绝提出控告。

"当然，财政部接手了案子并传唤莫顿先生当证人。如此一来，如果莫顿先生是想把事情压下来，或是当初因为受到胁迫而发誓不起诉，除了让大家更好奇，让谜案更轰动，他并没有因为拒绝提出控告而得到任何好处。

"你知道，这些全都让我感兴趣，让我三月二十三日南下去布莱顿看嫌疑犯爱德华·斯金纳受审。我必须说他看起来是个非常普通的人，脸色红润，大鼻子，头顶开始变秃，看起来活像是个事业有成、保守庸俗的'都市绅士'。

"我很快观察了一下在场的证人，我猜那位坐在著名公诉律师雷基纳德·裴拜斯先生身旁、打扮时髦的漂亮女人就是莫顿太太。

"法庭上人很多，我听到在座的女士们窃窃私语，有的在聊莫顿太太的礼服很漂亮，有的在聊她的大阔边帽值多少钱，手上钻戒也很漂亮，等等。

"警方把如何在罗素居的房间找到莫顿先生，又如何在伦敦兰芬酒店逮捕斯金纳的相关事宜的证词都在法庭上提了出来。嫌疑犯被捕的时候似乎对他遭到的指控非常吃惊，他声称虽然因为业务往来和弗朗西斯·莫顿先生有点认识，可是对他的私人生活，自己却一点也不了解。

"'嫌疑犯还说，'巴克尔探长继续说，'他甚至不知道莫顿先生住在布莱顿，可是我这里有证据呈给法官大人，可以证明莫顿先生被绑架的那天，早上九点半的时候，嫌疑犯和莫顿先生在

一起。'

"经过马修·奎勒先生的反复询问，探长终于承认嫌疑犯只说他不知道莫顿先生住在布莱顿，从来没有否认在布莱顿见过莫顿先生。

"警方说的证人其实有两位，都是住在布莱顿、见过莫顿先生的商人；他们说十七日早上看到莫顿先生和被告走在一起。

"这时候，奎勒先生没有问题要问证人，大家都明白嫌疑犯并不想反驳他们的证词。

"哈特里克警员则讲述找到被囚禁四天的倒霉的莫顿先生的经过。按照罗素居的房东查普曼太太提供的信息，探长派他去罗素居。他发现房门锁着，于是破门而入。莫顿先生坐在一张安乐椅里，身上松松地绕着几码长的绳索，他几乎失去知觉，一条厚厚的毛围巾缠在他的嘴上，这围巾一定把他的叫喊或呻吟声盖住了。可是，警员觉得莫顿先生一开始一定被下了什么迷药，使他虚弱得昏迷过去，让他发不出声音，不让别人听到，也没法从捆绑他的绳索里逃脱。绳索绑得笨手笨脚的，显然是在非常匆忙的情况下做的。

"接着被传唤的是医疗官和医治莫顿先生的莫里什医生。他们两位都说莫顿先生好像被某种麻药弄得迟钝，并且因为没有吃东西而虚弱得饿昏过去。

"第一个真正重要的证人是罗素居的房东查普曼太太，当初就是因为她报警才让人找到了莫顿先生。面对裴拜斯先生的问题，她说三月一日被告到罗素居来，报上的名字是爱德华·斯金纳先生。

"'他说他要一间租金中等、配有家具的房间长住，他在的时候都需要有人搞卫生。可是他又补充说，他常常会离开两三天，有时更久。

"'他告诉我说他是一间茶行的外派业务代表。'查普曼太太继续说，'我带他到三楼最前面的那个房间，因为他不愿意付超过十二先令的周租金。我向他要介绍人，他却把三个英镑放在我手里，笑着说他觉得预付我一个月的房租，算是够好的了吧。他还说，一个月之后如果我不喜欢他，提前一星期通知他，他就会退租。'

"'你没有问他代表的那家茶行的名字？'裴拜斯先生问。

"'没有，他把房租给了我，我就满意了。第二天他把行李搬进来，就住进了房间。每天早上他几乎都出门做生意，可是星期六和星期天总会留在布莱顿。十六日他告诉我说他要去利物浦几天。那天晚上他还睡在房里，可是十七日一早就带着大旅行皮箱出去了。'

"'他什么时候离开的？'裴拜斯先生问。

"'我也说不准，'查普曼太太迟疑了一会儿答复，'你看，现在这里是淡季。除了斯金纳先生，其他房间都没租出去，我只请了一个佣人。夏天、秋天的时候我都请四个，冬天也是。'她怕刚才说的话坏了罗素居的名声，所以又加上后一句，话里刻意显出了一点骄傲，'我想我是在九点钟的时候听到斯金纳先生出去的，可是一个小时之后我和小女佣都在地下室里，忽然听到前门"砰"的一声开了，又"砰"的一声关上，然后听见客厅里有脚步声。

"'是斯金纳先生。'玛丽说。'是啊，'我说，'我以为他一小时前就出去了。''他刚才确实出去了，'玛丽又说，'因为他把卧室的房门留着，让我进去铺床整理房间。''玛丽，去看看是不是真的是他。'我说，于是玛丽跑上楼，回来告诉我说上去的就是斯金纳先生；他直接进了他的房间。玛丽没见到他，可是还有一位先生和他在一起，因为她可以听到他们在斯金纳先生的房里谈话。'

"'那么你能否告诉我，嫌疑犯最后是什么时候离开房间的？'

"'不知道，这个我说不准。我很快就出去买东西了，等我回来已经十二点。我走上三楼，发现斯金纳先生锁了房门，带走了钥匙。我知道玛丽已经打扫过房间，所以也没多管，虽然我确实觉得奇怪，这位先生干吗把门锁上又不把钥匙给我。'

"'那么，当然，之后你就没听到房间里有任何声音了？'

"'是的。那一天和第二天都没有，可是第三天我和玛丽都听到一个奇怪的声音。我说那是斯金纳先生把窗户打开了，百叶窗拍打窗玻璃的声音。不过我们听到那个奇怪的声音时，我把耳朵贴在钥匙孔上，我觉得好像听到一声呻吟。我很害怕，就叫玛丽去报警。'

"查普曼太太下面说的话就没什么了。嫌疑犯确实是她的房客，她最后一次见到他是十六日晚上，他带着蜡烛上楼去的时候。女佣玛丽的说法也和她的主人相同。

"'是他，很确定，'玛丽小心地说，'尽管我没看见他，可是我走到三楼平台，在他门外停了一会儿。我可以听到房里有两位先生在很大声地说话。'

"'我想你没有偷听吧，玛丽？'"裴拜斯先生笑着问。

"'没有，先生，'玛丽温和地笑了笑，'我听不到他们说了什么，可是有一个讲得很大声，我觉得他们一定是在吵架。'

"'我想，斯金纳先生应该是唯一有大门钥匙的人。除了他，没有人能不按门铃还能进屋的吧？'

"'噢，没有，先生。'

"就是这些了。到那时为止，你知道，检方对嫌疑犯的指控进行得很顺利。当然，他们争论的焦点是斯金纳见过莫顿先生，并把他带回家去，袭击后下药，把他的嘴缠住并绑了起来，最后抢走了他身上带的钱，按照马上就要呈给法官的宣誓书里写的，钱的数额高达一万英镑。

"但在这些情况中，还有一个大谜团需要向民众和法官解释，那就是莫顿先生和斯金纳之间的关系。为什么莫顿先生拒绝控告这个不但抢了他的钱，还差点让他悲惨地死去的人呢？

"莫顿先生病得太重，不能亲自出庭。莫里什医生绝对不让他的病人那天上法庭作证，怕他承受不了作证时的疲劳和激动。可是他的证词在床边拟好了，他也宣过誓，现在被检方拿到法官面前。这份简短而且让人越看越糊涂的证词其实透露出了惊人的事实。

"当裴拜斯先生将莫顿先生的证词读出来的时候，聚集在法庭上的人群都安静了下来，大家都伸长脖子看向那个女人。这个女人外表优雅，穿着打扮无懈可击，戴着精致的珠宝，可是随着检方念出她丈夫的证词，她漂亮的面容越来越暗淡。

"'法官大人，这份声明书是弗朗西斯·莫顿先生在宣誓后拟定的，'裴拜斯先生开始说话，他洪亮的声音在一片肃静中令人听起来印象深刻，'"由于某些我不愿透露的原因，我必须向一个我不认识也从未见过的人付一大笔钱。我太太知道这件事，而且事实上这完全是她个人的事。我只是个中间人，不过我认为要是让她自己去处理这件事并不妥当。那个人曾经提过一些要求，她为了不让我担忧，尽可能地将这件事瞒着我。最后她还是决定都跟我说了，我也同意了她的想法，认为最好满足那个人的要求。

"'"然后我就写信给那个人，他的名字我不想说。我照我太太吩咐我的把信寄到布莱顿邮局，说我愿意付一万英镑给他，时间或地点还有方式都随他定。之后我接到信封上有布莱顿市邮戳的回信，要我带着英格兰银行发行的钞票（一万英镑），在三月十七日早上九点半，去西街的佛妮柏布行外等。

"'"十六日我太太交给我一张一万英镑的支票，于是我到她的银行，也就是舰队街的博德银行换现钞。第二天早上九点半，我到了指定的地方。一个身穿灰色大衣、打着红领带、头戴礼帽的人叫我的名字，要我陪他走到他在国王广场的住所。我跟着他走，两个人都没讲话，他在一栋叫作罗素居的房子前停了下来。等我康复可以外出时，我一定可以将这栋房子认出来。他用钥匙开了大门，要我跟他到三楼的房间去。我注意到在我们进房间时他把门锁上了，可我身上除了准备要给他的一万英镑，并没有什么值钱的东西。我们之间什么话都没说。

"'"我把钱交给他，他把钱叠好，放进皮夹里。然后我转身走向房门，丝毫没有警惕，突然我觉得肩头被人紧紧抓住，他用一块手帕蒙住了我的鼻子和嘴巴。我拼命挣扎，可是手帕上浸透了氯仿，我很快就失去知觉。在恍惚中我记得那个人对我说的几句简短的话，是我还在虚弱地挣扎时断断续续听到的：

"'"'你把我想成什么样的大傻瓜啦，亲爱的先生！你真的以为我会让你安安静静地从这里走出去，直接跑到警察局去吗？嗯？我知道，以前有人耍过这样的把戏，也是想用钱堵住别人的嘴，先找到他，看他住在哪儿，把钱给他，然后再报警抓他。你别想了，这次没门儿。我要带着这一万英镑到美国去，还赶得及搭中午的船去纽黑文，而在我到达海峡另一端之前，你只能安静地留在这里了，朋友。我不会太为难你的，房东太太很快就会听到你的呻吟，把你放出来，所以你不会有事的。好，来，喝这个——这才听话。'他把一些苦东西灌入我的喉咙，之后我就什么也记不得了。

"'"等我恢复知觉，我已经被绳子绑在安乐椅上，嘴上还缠绕着一条毛围巾。我连一点挣扎或喊叫的力气都没有，觉得很不舒服，又昏了过去。"'

"雷基纳德·裴拜斯先生读完了证词，拥挤的法庭上没有一个人说话；法官盯着那个身穿华丽礼服的漂亮女人，她正用一块讲究的蕾丝手绢擦眼睛。

"这桩胆大妄为的暴行的被害人这番非比寻常的声明让每个人的心都悬在半空，但要让这桩案子比其他案子更轰动，还缺了一样东西，那就是莫顿太太的证词。在检方的传唤下，她优雅而缓慢地走上证人席。毫无疑问，她已经强烈地感受到她丈夫受到的折磨，同时看到她的名字硬是和这桩卑鄙的勒索丑闻扯在一起，感到非常耻辱。

"在雷基纳德·裴拜斯先生的仔细询问下，她不得不承认勒索她的人和她早年的经历有关，让她和孩子都蒙羞。她在啜泣中说出了她的故事，还不时用戴着钻戒的手拿美丽的蕾丝手绢擦眼睛，显得非常可怜。

"她还没满十七岁的时候，受骗上当，和一个居无定所的外国人私订终身，那个人自称是法国的阿曼德·特莱慕耶伯爵。其实他只是个不入流的混混，因为在他从这位女士那儿拿走大约两百英镑和几个钻石别针后，他留下了一张简短的字条，说他搭乘'阿根廷号'船去欧洲了，会有很长一段时间都不回来。她很爱这个粗鲁可怜的年轻人，一个星期以后，她看到报纸说'阿根廷号'沉船，船上所有的人都遇难了。她为自己这么早就做了寡妇而悲伤不已。

"幸好他的父亲，一位很有钱的芝加哥猪肉屠宰商，对女儿做的蠢事毫不知情。四年后，他把她带到伦敦，在这里她遇到了弗朗西斯·莫顿先生并嫁给了他。她过了六七年快乐的婚姻生活，直到有一天，她突然接到一封用打字机写的长信，署名的是阿曼德·特莱慕耶。字里行间满是不曾消逝的爱意，诉说他多年来在国外的悲惨遭遇。他奇迹般地从沉没的'阿根廷号'上获救，之后四处漂泊，一直没办法攒下足够的路费回家。在历经沧桑之后，好运终于来了，他终于打听到爱妻的下落，现在他愿意原谅她过去的一切，要她重回他的怀抱。

"接下来的就是一个混混碰上一个蠢女人通常会发生的事。她感到害怕，好一阵子不敢告诉她丈夫。她给阿曼德·特莱慕耶写信，求他看在她和他过去的份上不要来见她，她自以为从布莱顿邮局寄到他手上的几百英镑能够安抚他。直到有一天，莫顿先生意外地发现一封特莱慕耶伯爵的来信，她才不得不坦白一切，求丈夫原谅她。

"弗朗西斯·莫顿先生是个生意人，看事情既实际又理智。他喜欢这个可以让他过奢华日子的太太，希望能留住她，而所谓的特莱慕耶伯爵似乎也愿意以某些条件放弃她。对自己的财产握有唯一且绝对控制权的莫顿太太又非常愿意付钱来摆平这件丑闻，她相信——她确实有点蠢——这事会让她因为重婚罪入狱。弗朗西斯·莫顿先生于是写信给特莱慕耶伯爵，说他太太愿意支付他要求的一万英镑，换取她完全的自由，同时要求他必须在她的生活中永远消失。条件谈妥，于是莫顿先生带着一万英镑，在三月十七日早晨九点离开家门。

"民众和法官都屏住呼吸听她说。对这个漂亮的女人，大家只觉得同情，因为从头到尾她犯的错不比别人在她身上犯的错多，而且她最大的过错似乎只是在处理自己的生活上缺乏思考。但是我可以向你保证一件事，法庭上从未有过这么大的骚动，因为法官在沉默了几分钟之后，温和地对莫顿太太说：

"'莫顿太太，现在能不能请你看一下嫌疑犯，告诉我他是不是你的前夫？'

"而她，连看都没看被告一眼，只是安静地说了一句：'噢，不是，法官大人！那个人当然不是特莱慕耶伯爵。'"

3

"我向你保证，整件事非常戏剧化。"角落里的老人继续说道，像爪子一样可笑的双手又拿起了一根细绳。

"在法官的追问下，她说她从来没见过被告，他可能是中间人，但她不能确定。她接到的那些信除了阿曼德·特莱慕耶的签名，其余全都是用打字机打出来的，而那些签名肯定和她以前收到的，都还留着的信的笔迹一样。

"'你有没有想过，'法官微笑着问，'你接到的信可不可能是伪造的？'

"'怎么可能是伪造的？'她断然回答说，'没有人知道我和特莱慕耶伯爵结过婚，英格兰肯定没有。而且，就算有人跟他很亲

密，能够伪造他的笔迹勒索我，为什么那个人要等上这么多年？法官大人，我已经结婚七年了！'

"她说的是实情，所以就她而言，事情就是这样。但在嫌疑犯被定罪之前，当然要确定他就是袭击弗朗西斯·莫顿先生的人。莫里什医生答应，第二天让莫顿先生亲自出庭半个小时指认被告，所以这案子暂时休庭，等到明天再继续。两位警员带走了被告，并不准交保，布莱顿的居民只好耐心地等到星期三。

"那天法庭被挤得水泄不通。演员、编剧、各式各样的文人都极力争取亲自研究法庭上案情的进展和众生相的机会。当平静沉着的嫌疑犯被领到被告席上的时候，莫顿太太并不在场。被告的律师陪着他，大家都在期待着一场高潮迭起的庭辩。

"不久，法庭上出现一阵骚动，那半私语半叹息的声音引导了一件扣人心弦的事件开场。苍白瘦弱、凹陷的双眼还留着那五天折磨痕迹的莫顿先生靠在医生的手臂上走进法庭。莫顿太太没跟他一起来。

"证人席上马上有人拿来一张椅子。法官说了几句客套的安慰话后，问他是否对书面证词有什么要补充的？莫顿先生回说没有，法官于是继续问：

"'好，莫顿先生，现在能不能请你看一下被告席，然后告诉我，你能否认出那个把你带到罗素居并袭击你的人？'

"还病着的莫顿先生慢慢把头转向被告，看了看他，然后他摇摇头平静地回答：

"'不，法官大人，肯定不是那个人。'

"'你很确定吗？'法官惊讶地问道，而民众也简直惊讶得喘不过气来。

"'我发誓。'莫顿先生肯定地说。

"'你可以描述一下袭击你的人吗？'

"'当然可以。他皮肤黝黑，又高又瘦，眉毛很浓，头发又厚又多，留着短胡须，他说的英文略带外国口音。'

"我告诉过你，嫌疑犯是个不折不扣的英国人。他红润的肤色是英国人的肤色，说的英语也是百分之百的英国口音。

"之后，这案子的起诉理由开始瓦解。大家都在期待一次高潮迭起的辩护，而斯金纳的律师马修·奎勒先生完全满足了这些期待。他有超过四个证人在场宣誓作证，说三月十七日星期三早上九点四十五分的时候，嫌疑犯搭乘快车从布莱顿去维多利亚。

"爱德华·斯金纳不可能同时出现在两个地方，而且莫顿先生的证词对他绝对有利，法官于是再度判定将被告收押，等警方进一步的调查，不过这次法庭批准以两位保证人各缴五十英镑保证金的方式交保。"

4

"告诉我，你怎么想的？"看到波莉依然迷惑不解的样子，角落里的老人问道。

"嗯——"波莉迟疑地回答，"我想，那个所谓的阿曼德·特莱慕耶的故事是真实的。他没有死在'阿根廷号'的海难里，反而漂泊回家勒索他的前妻。"

"你有没有想过，至少有很明显的两点让这个推断不成立。"老人边问边在细绳上打了两个大大的结。

"两点？"

"对。首先，如果勒索的人是起死回生的特莱慕耶伯爵，为什么他拿了一万英镑就满足？她是他合法的妻子，而且她拥有将近二十五万英镑的庞大财产，可以让他舒舒服服地过下半生。别忘了，不论后来的莫顿先生向太太要钱的情况是怎样的，真正的特莱慕耶伯爵在他们短暂的婚姻里向他太太要钱时，可从来都不难。第二点，为什么他写给他妻子的信要用打字机打？"

"因为——"

"就我来看，警方没有好好注意这一点。根据我研究犯罪案件的经验，如果一封信从头到尾都是用打字机打的，这封信绝对是伪造的。模仿签名不太难，可是要模仿一整封信的笔迹，那就难多了。"

"那你认为——"

"我觉得，如果你想让我继续说的话！"他激动地打断她，"我们要把这案子的疑点找出来，那些疑点其实很明显、很具体。第一，莫顿先生带着一万英镑整整失踪了四天，最后有人发现他被人用绳索松垮垮地绑在安乐椅里，嘴上还缠着一条围巾。第二，一个叫作斯金纳的人被控犯下这桩暴行。注意，莫顿先生否认斯金纳就是袭击他的人，因而为他做了最佳辩护，拒绝控告他，为什么？”

“因为他不想让他太太的名字和案子有关联。”

“他早应该知道检方会接手这个案子。还有，为什么没有人看见他和他所描述的那个皮肤黝黑的外国人在一起？”

“有两个证人看到莫顿先生和斯金纳在一起。”波莉争辩道。

“对，九点二十分的时候在西街看到他们，这样让爱德华·斯金纳有时间赶上九点四十五分的火车，又可以让他把罗素居的大门钥匙交给莫顿先生。”角落里的老人枯燥无味地说。

“胡说八道！”波莉突然喊起来。

“胡说八道，是不是？”他说着使劲扯他的细绳，“如果我肯定地说，一个人要确定他绑架的人不会逃跑，通常不会只用绳索‘松垮垮’地把他绑起来，也不会随便拿条围巾围住他的嘴巴，这样说是不是胡说八道？警察真是愚蠢得无法用语言形容。他们发现莫顿被‘松垮垮’地绑在椅子上，稍微动弹就可以挣脱，可是他们却从来没想到，要这种恶棍坐在安乐椅里，用几码长的绳子把自己绕几圈，然后把一条围巾绕在自己脖子上，再把两只手臂插进绳子里，这才叫容易。”

“可是像莫顿先生这种身份地位的人，为什么要耍这样奇怪的把戏呢？”

“啊，动机是什么！你总算想到了！我不是老跟你说吗？找出动机！好，莫顿先生的身份地位是什么？他是个拥有二十五万英镑的有钱女人的丈夫，可是没有她同意，他一个便士也碰不到，因为决定权都在她；而且，在她早年犯下大错，后来被遗弃的痛苦教训之后，她无疑把钱包抓得很紧。莫顿先生后来的生活证明了他有些花钱的地方，并不都是正当的嗜好。有一天，他偶然发现了阿曼德·特莱慕耶伯爵的旧情书。

"然后他就布下计划。她用打字机写了一封信，伪造那位已成过往的伯爵的签名，然后等机会。鱼儿确实上钩了，他拿到了一点小钱，而计划成功让他胆子大了起来。他四处寻找一个同伙，这人要聪明、不择手段，而且要贪心，他选到了爱德华·斯金纳，搞不好这还是他年少轻狂时的哥们儿。

"你得承认他们的计划很缜密。斯金纳租下罗素居的房间，花了一段时间观察房东太太和女仆的作息和生活习惯。然后，他把警方的注意力都吸引到自己身上。他到西街去和莫顿先生碰面，袭击之后，表面上失去了踪影。就在这个时候，莫顿到罗素居去。他走上楼梯，在房里大声说话，然后为他演的这出戏做了周全的准备。"

"为什么啊？他几乎饿死了！"

"这个，我敢说，一定是他计划外的。他一定是这样想的：查普曼太太或是女佣很快就会发现他，把他救出来。他本来只想看起来有点昏迷的样子，所以刚开始安静地忍受二十四小时的饥饿。可是兴奋和缺乏食物的饥饿超过了他的意料。过了二十四小时，他变得晕头晕脑，很难受，昏了一阵又一阵，无力求救。

"不过，他现在又恢复了，把十足的大坏蛋演得很完美。他辩称他的良心不允许他和一个第一任丈夫还活着的女人住在一起，于是在伦敦租了一间单身公寓，只在下午去看他在布莱顿的太太。可是，不久之后他又会厌倦单身生活，还会回到他太太身边。而且，我敢保证，特莱慕耶伯爵再也不会写信来了。"

那天下午，角落里的老人留下波莉·伯顿小姐和几张照片。照片上那两个乏味庸俗、看来安分老实的莫顿和斯金纳如果真如那个老稻草人推理的一样，倒真是一对逍遥法外的最佳无赖。

摄政公园谋杀案

1

现在波莉·伯顿小姐已经习惯了在角落里与另一个人面对面谈话。

每次她到咖啡店来，老人永远都穿着引人注目的小方格粗呢西装，坐在同一个角落里。他很少对她说早安，而且在她出现之后，老人一定会紧张兮兮地开始玩那根破烂而且打满结的细绳。

"你对摄政王公园谋杀案有兴趣吗？"有一天他这样问。

波莉回答说她已经忘了这件奇怪的谋杀案的大部分细节，可她却还完全记得这桩案子在伦敦上流社会的某些圈子里引起的骚动和不安。

"尤其是跑马场和赌场，你是这个意思吧。"老人说，"所有和这件谋杀案扯得上关系的，不管是直接还是间接的，都是通常被称作社交人士或是活跃于交际场的人，而这个案子里所有的丑闻都围绕汉诺威广场上的黑尔伍德俱乐部，那是伦敦最时髦的俱乐部之一。

"黑尔伍德俱乐部基本上是个赌场，要不是发生了摄政王公园谋杀案，曝光了里头的勾当，警方恐怕永远都不会'正式'知道那里头的情况。

"这处位于波特兰街和摄政王公园中间的安静的广场，南端被称为新月公园，东西两端就各自叫做东、西公园广场。交通繁忙的玛丽勒本大道直接穿过这个大广场和它漂亮的花园，但这条大路底下有条隧道连接花园，当然你肯定记得，那时广场南边的地铁站还没规划。

"一九〇七年二月六日晚上是个大雾天，住在西公园广场30号的艾隆·柯恩先生在黑尔伍德俱乐部的赌桌上大赚之后，揣着大把钞票在深夜两点钟独自走回家。一个小时以后，西公园广场的大部分居民都在睡梦中被街上一阵激烈的口角声惊醒。大家听到有个声音生气地大吼了一两分钟，紧接着传来疯狂的尖叫，喊着'警察'和'杀人啦'，跟着是两声枪响，之后一切就陷入沉寂。

"雾很浓，你肯定也知道要在浓雾里追踪声音的源头很难。才过了不到一两分钟，在玛丽勒本大道街角站岗，编号F18的警员就赶到现场，他已经吹哨通知了所有听得到哨音的同事，自己则在雾中摸索前进。住在附近的居民也帮他找，他们站在上面的窗口上向警员大叫，几乎都要掉出来。可是他们指的方向互相矛盾，反而让警员越来越糊涂。

"'警察，在栏杆旁边！'

"'在大道上面一点。'

"'不是，是在下面一点。'

"'我确定在人行道的这边。'

"'不是，是在那边。'

"终于来了另一位警员。警员 F22 从北端转进西公园广场，碰到一个人的身体，几乎被绊倒。那个人躺在人行道上，头靠着广场栏杆。这时已经有好些人从房子里跑了出来，好奇地想知道到底发生了什么事。

"一位警员把巡夜灯的强光照到那个可怜人的脸上。

"'像是被勒死的，是不是？'他吞吞吐吐地对他的同事说。

"他指着那人肿胀的舌头、从眼窝凸出来的眼珠和充血发紫、几乎快变成黑色的脸。

"这时候旁观民众里有个胆子比较大的，好奇地偷偷看了一眼死者的脸。他惊叫起来：'啊，肯定没错，他是住在 30 号的柯恩先生！'

"他一提起这个街坊邻居熟悉的名字，就有另外两三个人走近来，仔细地看了看被害人扭曲得可怕的脸。

"'肯定没错，他是我隔壁的邻居。'艾里森先生说，他住在 31号，是个年轻的律师。

"'晚上这么大的雾，他到底在这儿干什么？而且还是一个人。'有个人问。

"'他平时很晚回家。我猜他是城里某个赌博俱乐部的会员。我敢说他肯定招不到马车送他回来。顺便说一句，我对他并不了解，只是点头之交。'

"'可怜的家伙！看起来几乎像是古时候的绞刑。'

"'不管那个杀人的恶棍是什么人，无疑是想要置他于死地！'F18警员说着从人行道上捡起一样东西，'这是把左轮手枪，有两发子弹没了。诸位刚才听到了枪声吗？'

"'可是好像没有射中他。这可怜的家伙肯定是被勒死的。'

"'他显然是想开枪打那个袭击他的人，'那位年轻的律师用毋庸置疑的口吻说，'如果他射中了那个坏蛋，可能还有机会追查那家伙的行踪。'

"'可是在雾里没法追。'

"不过，探长、侦探和医疗官听到这一惨剧后很快就赶来了，为大家的议论打上了句号。

"警方去按30号的门铃，所有的女仆都被叫去辨认尸体。

"在恐惧的泪水和害怕的尖叫中，她们全都认出死者是她们的主人艾隆·科恩先生。于是尸体被抬到他自己的房里，等着法医来验尸。

"你得承认这件事对警方来说相当棘手，可以查的线索太少，刚开始简直一点线索都没有。

"验尸事实上也没什么用。邻居对艾隆·柯恩先生本人和他的私事都知之甚少，他的女仆们甚至连他常去的几家俱乐部叫什么、在哪儿都不知道。

"他在思罗格莫顿街上有个办公室，每天都去上班。在家里吃晚饭，有时也请朋友来家里吃饭。他一个人的时候，总是去俱乐部，一直待到凌晨。

"谋杀发生的那天晚上，他大约是九点出门的。这是他的仆人们最后一次看到他。至于左轮手枪，四个女仆都非常肯定地说她们从来没见过这把枪，说那绝对不是主人的，除非是他当天买的。

"除了这些信息，凶手一点踪影都没有。可是命案的次日早晨，在广场的另一端，正对着波特兰街的地方，有人发现两把串在一个短金属环上的钥匙。这些钥匙经过证实，一把是柯恩先生家的大门钥匙，另一把是他的广场大门钥匙。

"因此大家推测凶手完成犯罪后，搜遍他的口袋，发现了钥匙圈，于是用钥匙打开广场大门，进入地下隧道，又从较远的大门出去。为了小心起见，他没有把钥匙带走，而是扔掉了它们，然后消失在雾里。

"陪审团做出了某个或某些人蓄意谋杀的判决，警方也尽力要找出这位胆大妄为的凶犯。靠着威廉·费雪先生的卓越技能，警方的调查终于有了结果，命案后大约一个星期，伦敦最时髦讲究的纨绔子弟中的一个被逮捕了，在市内引起了轰动。

"费雪先生对被告起诉的理由可以这样简单概括：二月六日晚，刚过午夜，在汉诺威广场上的黑尔伍德俱乐部里，大家才刚刚开始玩。艾隆·柯恩先生做轮盘赌的庄家，大概二三十个朋友对他一个。他的对家大多是没有脑子但很有钱的小伙子。庄家赢了很多，这好像已经是柯恩先生连续第三个晚上口袋里揣着赢来的几百英镑回家了。

"一个叫做约翰·艾什立的年轻人则输得很惨，他好像已经连续三天手气很差了。他父亲是密德兰郡内一位很有钱的绅士，是个猎狐犬训练师。

"别忘了，"角落里的老人继续说，"我告诉你的所有这些细节和事实等于把几个证人的证词都合在一起跟你说了，实际上要花好几天才搜集归纳到这些东西。

"年轻的约翰·艾什立虽然在社交圈似乎很受欢迎，可是大家都觉得他的处境是俗称的'手头很紧'，他欠了许多债，又非常怕他父亲。他父亲曾经有一次威胁这个小儿子，说他如果再利用父亲的宠爱提出挥霍无度的要求，就会在他口袋里放一张五英镑，把他送到澳大利亚去。

"约翰·艾什立的朋友们都很清楚，他那有钱的驯犬师父亲把钱看得很紧。这个年轻人非常希望在他往来的社交圈里给人留下他很有钱的印象，因此他经常去黑尔伍德俱乐部，希望能靠赌台那头不时对他微笑、变化多端的财富帮自己一把。

"尽管如此，俱乐部里的人都记得二月六日那天晚上，艾什立在艾隆·柯恩做庄的轮盘赌桌台旁坐下前时，他仅剩的二十五英镑也都已换成了筹码。

"他的朋友们，特别是沃尔特·哈瑟瑞尔先生，好像都尽力劝他不要和柯恩比运气，因为柯恩那晚手气好得不得了。可是年轻的艾什立被自己的坏运气弄得非常激动，加上又喝了酒，他谁的话也不听。他把一张又一张五英镑的钞票丢到赌盘上，只要有人肯借，他就借，然后以口头下注的方式又玩了一阵。最后到深夜一点三十分，赌盘出现 19 点红色赢，这个小伙子发现自己口袋里已经一个便士也没有了，还欠了艾隆·柯恩先生一千五百英镑。

"现在，我们必须还这位名誉大大受损的柯恩先生一个公道——虽然媒体和民众一直都不愿意。当时所有在场的人都肯定地说，连柯恩先生自己都一直在劝艾什立不要再玩了。柯恩先生自己的处境也很微妙，因为他是赢家，有一两次艾什立差点骂了出来，说这庄家怕坏了自己的好运气，赢了钱就想走。

"艾隆·柯恩先生抽着最好的哈瓦那雪茄，终于耸耸肩说：'随你便。'

"可是到了一点三十分，他也受够了这个一直输却从来不付钱的对手——柯恩先生可能觉得他永远都拿不出钱，所以拒绝再接受约翰·艾什立拿'空头支票'当赌注。年轻人随后说了几句激动的话，不过俱乐部的管理员很快就制止了他，这些人总是警惕四周，以避免出任何意外。

"与此同时，哈瑟瑞尔先生非常理智地劝艾什立远离俱乐部的诱惑，最好马上回家去睡觉。

"这两个年轻人的友情在这个圈子里是出了名的，约翰·艾什立在做这些疯狂又耗费钱财的傻事时，沃尔特·哈瑟瑞尔好像总是在他身旁，心甘情愿地给他打下手。当晚艾什立显然被自己输得很惨的情况吓醒了，让他的好友领着离开了他闯祸的现场。这个时候大概是一点四十分。

"情况变得有趣起来，"角落里的老人以他一贯紧张兮兮的方式继续说，"难怪警方讯问了至少十二个证人，等到所有的内容都被证实才满意。

"沃尔特·哈瑟瑞尔走了十分钟后，也就是一点五十分的时候，他又回到俱乐部。有几个人问他怎么样了，他说他和朋友在新邦德街街角分开了，因为艾什立看来很想自己走，还说艾什立回家之前会转到皮克迪利大道，因为他觉得散散步会好些。

"大约两点钟左右，艾隆·柯恩先生对当晚赢的钱表示满意，让出了庄家的位子，把赢来的大把钞票装进口袋，走路回家。而沃尔特·哈瑟瑞尔先生在半小时后也离开了俱乐部。

"到了三点，西公园广场就听到了'杀人啦'的叫声和枪声，有人发现艾隆·柯恩先生被勒死在花园栏杆外面。"

2

"对警方和民众来说，乍一看摄政王公园谋杀案似乎只是一桩手法笨拙的案子，凶手显然是新手，而且绝对没有目标，因此抓住凶手肯定不难。

"你看，有动机了。'找出谁因此得利'是我们法国朋友的名言。可事实还不只这些。

"詹姆斯·法诺尔警员那时正在巡逻，从波特兰街拐进新月公园的几分钟前，他听到圣三一教堂传来两点三十分的钟声。那时的雾可能还没有清晨那么浓，这位警员看到两个身穿大衣、头戴礼帽的男人靠在一起，倚在广场大门附近的栏杆上。因为雾很浓，他当然无法看清他们的脸，可他听到其中一个对另一个说：'只是时间问题，柯恩先生。我知道我父亲会帮我付钱的，你等一段时间，不会有损失。'

"另一个人显然没有回答。警员经过他们继续往前走。等他再次巡逻到同样的地方时，那两个人已经走了，可是后来，交到法庭上的那两把钥匙就是在这大门附近被发现的。

"还有另一个有趣的事实，"角落里的老人继续说，他的微笑里带着波莉也不太懂的讽刺，"就是在命案现场发现的那把左轮手枪。那把枪被拿去给艾什立先生的仆人看了，他发誓是他主人的。

"所有这些事实当然构成了对约翰·艾什立先生非常明显而且到目前为止没有破绽的不利证据。所以，也难怪警方对费雪先生和他们的努力成果很满意，因而在命案发生整整一周后，警方申请了一张逮捕令，在克拉吉斯街的住所里将他逮捕。

"事实上，你知道，我从经验里发现一个规律，如果一件案子看来特别拙劣愚蠢，而且罪证特别确凿时，正是警方最应该小心、以免掉入陷阱的时候。

"现在，就本案而言，如果约翰·艾什立真的像警方说的那样，用那种办法杀了人，他就不止犯了一桩罪了，因为对我来说，这种白痴的行为比犯了许多罪更糟糕。

"检方得意扬扬地找来一堆证人。里面有黑尔伍德俱乐部的会员，他们都看到嫌犯输给艾隆·柯恩先生一大笔钱后的骚动场面；有沃尔特·哈瑟瑞尔先生，即使他和艾什立的交情不错，他也不得不承认他在一点四十分的时候和嫌疑犯在邦德街分开，在凌晨五点回家之前就再没有见过他。

"接下来是约翰·艾什立的男仆亚瑟·琪普斯的证词，后来的发展证明他的证词起了非常重要的作用。他发誓说命案发生的那天晚上，他的主人大概一点五十回到家。琪普斯那时还没有睡觉，五分钟后，艾什立又出去了，还告诉他不必等他回来。琪普斯说不准这两人到底什么时候回的家。

"这一小段回家的时间被认为是非常重要的，大家都觉得他是回家去拿左轮手枪了。约翰·艾什立的朋友们也都觉得这案子已经可以盖棺定论了。

"男仆和听到公园栏杆旁谈话的詹姆斯·法诺尔警员的证词当然对被告最为不利。我可以向你保证，那天我像是重温了旧日时光。观察法庭上两个人的表情是我这么长时间以来最快乐的事。而其中一副表情就是约翰·艾什立的。

"这是他的照片——又矮又黑，外表整洁，看起来有些好动，让人觉得他就像个有钱的农民。他在法庭上很安静，很镇定，不时和律师说一两句话。在警察当着又惊又怕的观众把犯罪经过重新陈述一遍的时候，他很严肃地听着，有时候还耸耸肩。

"约翰·艾什立先生被严重的经济问题逼疯了，他先回家找到武器，然后在艾隆·柯恩先生回家的路上埋伏。这个年轻人请求能晚点付钱，柯恩先生也许坚持不准，但艾什立一路恳求，几乎跟着到了柯恩先生的门口。

"在那儿，他明白债主决心不想跟他谈了，于是他趁这可怜人猝不及防的那一瞬间从后面抓住他并勒死了他；事后又怕没杀成，于是朝尸体打了两枪，但却由于太紧张，两枪都没打中。凶手一定掏空了被害人的口袋，找到了花园大门的钥匙，他可能觉得从地下隧道穿过广场比较安全，于是从面对波特兰街的大门逃脱了。

"然而他不小心弄丢了左轮手枪，这是报应，要为他自己的愚蠢行为而接受正义的制裁。

"但这段犯罪经过的陈述似乎一点儿也没影响到约翰·艾什立。他也没积极去找一位擅长以反复询问技巧来找出证人矛盾的优秀律师为他辩护，噢，天啊，他没有！他竟然就找了一个呆板无聊、水平非常二流的律师，当这位律师传唤证人时，压根儿就没想过要在法庭上产生什么影响。

"他安静地从椅子上站起来，在一片沉寂中，他代表当事人传唤了三位证人中的第一位。他传唤的三位男士——他本来可以传唤十二个的——都是波特兰大街艾什顿俱乐部的会员，这些人也都发誓在二月六日深夜三点，也就是命案正在发生，'杀人啦'的喊叫声吵醒了西公园广场居民的时候，约翰·艾什立先生正在艾什顿俱乐部里安静地坐着，和他们三个证人打桥牌。俱乐部的门房作证说，他是在三点整之前的几分钟进来的，待了大概一个半小时。

"我不需要告诉你，这一点肯定是真实的，这个完全被证实的不在场证明等于在起诉方的大本营里投下了一颗炸弹。最诡计多端的罪犯也不可能同时出现在两个地方，而且，在我们这个非常注重道德的国家，即使艾什顿俱乐部在各方面都违反了和赌博相关的法律，但它的会员都来自社会最上流、最清白的阶层。换句话说，有十二位绅士在命案发生时见过艾什立，还跟他说过话，这些人的证词绝对毋庸置疑。

"在这段令人惊愕的讯问过程中，约翰·艾什立从头到尾都非常冷静。毫无疑问，这是因为他早就知道能够以这样具有绝对优势的证词证明自己无辜，所以在整个庭辩过程中都非常冷静。

"对法官的问话，他也回答得简单清楚，甚至是关于左轮手枪这样敏感的问题，他的回答也是一样。

"'法官大人，我离开俱乐部的时候，'他解释道，'决定要单独和科恩先生好好谈谈，请他允许我晚一点还欠他的债。您知道我不喜欢当着其他人的面求他。我回家只待了一两分钟，不是像警方说的回去拿枪，因为在雾天，我身边一直带着枪，我回去是去看一封重要的商业信函是不是在我不在的时候寄到了。

"'之后我又出门，在离黑尔伍德俱乐部不远的地方遇到了艾隆·柯恩先生。我陪他走了很长一段，我们谈得很愉快。在波特兰街头，靠近广场大门的地方准备分开，也就是那位警员看到我们的地方。柯恩先生想穿过广场，因为这样走，回他家比较近。我觉得广场在雾中看来又黑又危险，特别是柯恩先生身上还带着一大笔钱。

"'我们为这件事情简短地谈了一会儿，最后我劝他带上我的左轮手枪，因为我回家只会走经常走的街道，而且身上没什么值得偷的东西。柯恩先生犹豫了一下，终于借了我的枪，这就是为什么枪会出现在命案现场的。我和柯恩先生分手的前几分钟，曾经听到教堂两点四十五分的钟声。两点五十五分的时候，我正在波特兰大道街尾的牛津街上，从那里走到艾什顿俱乐部至少要十分钟。'

"提醒你，他这番解释比检方的推理更可信，因为检方对左轮手枪一直都没有拿出令人满意的解释。一个其实已经勒死被害人的人是不会用自己的枪再射出两发子弹，因为这样只会引起附近过路人的注意。如果是柯恩先生自己射出的子弹，可能性就会大得多，是有人突然从背后袭击他的时候，他也许在慌乱中把子弹打到天上去了。因此，艾什立先生的解释不仅说得通，也是唯一可能的解释。

"所以，你就会明白，经过半个小时的审讯，法官、警方和民众都满意地宣布被告无罪释放。"

3

"好，"波莉急忙打断他，因为她这次总算和他一样敏锐，"可这件可怕的凶杀案的嫌疑却转移到他朋友身上了，而且，当然，我知道——"

"可是事实上，"他平静地打断道，"你不了解沃尔特·哈瑟瑞尔，当然，我知道你说的朋友指的是他。许多人也都马上以为是这样。这个朋友，意志薄弱，可他能言善道的朋友唆使他，说愿意代他犯罪。这个推理不错，而且我想这是包括警方在内的大部分人的想法。

"他们的确很努力去找证据指控年轻的哈瑟瑞尔，可最大的困难是时间上的问题。警员听到那两个人在公园广场外谈话的时候，沃尔特·哈瑟瑞尔正坐在黑尔伍德俱乐部里，一直到二点三十分才离开。如果他想在路上埋伏艾隆·柯恩先生，他当然不会等到柯恩先生应该到家了才离开俱乐部。

"另外，如果不穿过广场，要从汉诺威广场走到摄政王公园，要找一个在二十码范围内就难确定行踪的人，和那人争执后再杀了他，并洗劫了他的口袋，二十分钟实在太短。还有，就是他完全没有动机。"

"可是——"

波莉若有所思地说，因为她想起这桩被大家称做摄政王公园命案的案件一直是警方无法破解的谜案之一。

角落里的老人把像鸟一般可笑的头侧着看她，她的困惑显然让老人觉得非常开心。

"你不知道凶手是怎么犯罪的吗？"他咧着嘴笑着问。

波莉必须承认她确实不知道。

"如果你刚好处于约翰·艾什立那样的困境中，"他追问道，"要把艾隆·柯恩先生干净地处理掉，搜走他赢来的所有的钱，然后再用一个无可争议的不在场证明把警方牵着鼻子走，你不知道该怎么做吗？"

"我没办法轻易就能安排一个人在同一个时间，"她针锋相对地说，"出现在相距半英里的两个地方。"

"不行！我承认你做不到，除非你有个朋友……"

"朋友？可你说——"

"我说我钦佩约翰·艾什立先生，是他策划了整个计划，可如果没有一个能干的助手愿意帮忙，他不可能演完这场既有趣又恐怖的剧。"

"即使是这样——"她抗议道。

"第一点，"老人开始兴奋地说了起来，手上把玩着那根必不可少的细绳，"约翰·艾什立和他的朋友沃尔特·哈瑟瑞尔一起离开了俱乐部，然后共同制定了这个计划。哈瑟瑞尔回到俱乐部，艾什立回家拿枪，这把枪在这一幕戏里的角色非常重要，但不像警方说的那样。好，现在试试看紧跟着艾什立走，就像他跟着艾隆·柯恩走一样，你真的相信他们谈过话吗？相信他和柯恩先生一起散步吗？相信他请求晚点还钱吗？没有！他只是偷偷跟在后面，掐住他的脖子，就像在雾里勒死人抢劫的强盗。柯恩得过中风，而艾什立年轻力壮；而且，他是有意要杀死——"

"可是有两个人在广场大门外谈话，"波莉反驳道，"一个是柯恩，另一个就是艾什立。"

"请原谅，小姐！"他从椅子上跳起来，像只爬上木棍的猴子，"广场大门外面谈话的并不是两个人。按照詹姆斯·法诺尔警员的证词，有两个人紧贴着手臂靠在栏杆上，只有一个人在讲话。"

"那你觉得……"

"詹姆斯·法诺尔警员听到圣三一教堂敲两点三十分钟声的时候，艾隆·柯恩已经死了。想想看，这整件事情有多简单啊，"他着急地说，"柯恩死了以后的事情又是那么容易——天啊，他们的犯罪真是巧妙而又聪明！等法诺尔警员经过后，约翰·艾什立打开广场大门，抱着艾隆·柯恩的尸体穿过广场。广场当然很荒凉，可是路并不难走；我们必须假设艾什立以前来过。不管怎样，他根本不怕在这里遇到任何人。

"就在这个时候，哈瑟瑞尔已经离开了俱乐部，他飞快地跑过牛津街和波特兰大道。这两个坏蛋已经安排好了要关上广场大门，但不要锁上。

"哈瑟瑞尔紧跟着艾什立穿过广场到达广场较远的大门边，及时地帮他的朋友把尸体靠在栏杆上。然后艾什立马上回头穿过花园，直接跑到艾什顿俱乐部，就在他让警员看到他和柯恩谈话的地方，把那个死人的钥匙给扔了。

"哈瑟瑞尔给了他朋友六七分钟的时间，然后他开始了两三分钟的争吵，最后用'杀人啦'的叫喊声和枪声吵醒附近的居民，好让大家相信案子发生在这个时候，让凶手有无可争议的不在场证明。

"当然，我不知道你对这整件事怎么看，"这个滑稽的人说着开始摸他的外套和手套，"但是我把它称为——注意，就新手来说——我见过的最为精明的谋杀案之一。有些案子现在无论如何也不可能查到嫌疑犯或是唆使作案的人，这就是其中之一。他们没有留下任何证据，他们事前预想到了一切，而且每个人都冷静大胆地完成了自己要做的那部分。这种冷静和大胆如果用到正途上，他们两个可能成为很好的政治家。

"但恐怕他们就只是逃脱了正义的制裁，而且是只配得到你的钦佩的一对年轻无赖罢了。"

老人走了。波莉想把他叫回来，可在玻璃门那已经看不见他瘦小的身躯。她有好多问题要问，他说的事实的证据在哪儿？他说的只是他的推理，可不知为什么，她感觉他又解决了罪案频发的伦敦最黑暗的一桩谜案。

吉尼维尔贵族谱系

1

角落里的老人若有所思地摸着下巴，看着外面熙熙攘攘的街道。

"我觉得，"他说，"有句话说老天特别眷顾小猫、律师和破产的人，这是有些道理的。"

"我不知道还有这种说法。"波莉带着戒备回答道。

"是吗？也许我引用错了，不管怎样，应该有这么一句话。经过无数次的社会变迁，自力更生的大猫都活不下去了，小猫却活得好好的。今天早上我在报纸上读到一条名门贵族破产的新闻，到内阁部长府邸做客的上流社会人士里，他是受到礼遇最隆重的那个。至于律师，要是老天穷尽了所有可以让他们赚钱的路子，他们还有贵族谱系鉴定的案子。

"事实上，我相信这些贵族谱系的鉴定案，也就是你所说的老天的安排，比其他法律纠纷需要更多的专业知识。

"当事人掏出来的钱也比其他的纠纷案子要多很多。好，我们拿布罗科尔斯比的贵族谱系鉴定案来说吧。你知道为了那个肥皂泡花了多少钱吗？没有好几千英镑，也有好几百！这些钱进了律师口袋，成了诉讼费之后，泡沫就破了。"

"我想双方都花了不少钱，"她回答说，"直到那个悲剧的突然发生……"

"而这件事情实际上平息了争议。"他在干笑中打断了她的话，"当然，有没有知名的律师愿意接这案子，也非常让人怀疑。提摩西·贝丁费尔德，这位伯明翰的律师，他——呃——我们该说他是个不走运的人吧？注意，他的名字还在律师名录里，可是我很怀疑他还能不能再接案子。此外，我们只能说有些古老的贵族谱系的历史背景非常特殊，而且都有令人惊讶的档案，申请权利总是值得调查一番的，因为你永远也不知道里面可能包含了哪些权利。

"吉尼维尔的罗伯特·英格拉姆先生要求分享吉尼维尔老男爵的爵位和待遇，我相信刚开始大家都觉得这个案件有些可笑，但他显然还是有可能胜诉的。这听起来几乎像个童话故事，因为他所主张的权利竟然是以四百多年前的一份古老文件为根据。那时候是中世纪，有位四肢发达、头脑简单的吉尼维尔爵士，在他曲折困窘的一生中，他的夫人给他生了一对双胞胎儿子。

"他的困窘主要是因为夫人的侍从为了照顾母亲，一时疏忽把两个婴儿放错了小床，结果没人能够分得出哪个先来到这个纷扰不断的世界，连他们的母亲也分不清，而且她恐怕是最不可能分清的那位。

"双胞胎里到底哪个该继承他的爵位和待遇呢？反复思考了许多年，吉尼维尔爵士的年纪越来越大，两个儿子也即将成年，他终于放弃解开这个谜团，把这问题报给了他的国王爱德华四世。根据国王的圣旨，他拟了一份文件，其中写明了两个儿子在他死后共享他的爵位和待遇，而且将来两人结婚后生下的第一个儿子的就是下一代的唯一继承人。

"这份文件中还加了一条规定，万一吉尼维尔爵士一族的后代也有双胞胎儿子的困扰，可以适用相同的原则继承爵位。

"后来，斯图亚特王朝的一位国王将一位吉尼维尔爵士封为布罗科尔斯比伯爵，可是经过了四百多年，这项不寻常的继承法案仍然只是个传统，因为这么些个布罗科尔斯比伯爵夫人们好像都没有生双胞胎的偏好。不过在一八七八年，一位夫人总算为布罗科尔斯比城堡生下了一对双胞胎儿子。

"还好，现代科学发达了很多，侍从们也小心多了，没有把双胞胎兄弟搞混。其中一个被封为特雷蒙子爵，是未来伯爵爵位的继承人；而晚了两小时出生的那位却成了一个劲头十足、英俊迷人的年轻禁卫队员，他在伦敦古德伍德的贺林汉很出名，而在他自己的郡里，大家都称他为吉尼维尔的罗伯特·英格拉姆先生。

"这位年轻出色的古代贵族后裔听从提摩西·贝丁费尔德建议的那天可真不是个好日子。提摩西以及他的父辈们好几代都是布罗科尔斯比伯爵家的律师，可是提摩西因为某些'不道德行为'，让他的当事人，即已经去世的伯爵，失去了信任。

"不过他依然在伯明翰当律师，而且他当然知道这个古老家族在孪生兄弟继承方面的传统。他力劝罗伯特·英格拉姆争取，至于是出于报复还是推销自己，没有人知道。

"不过可以确定的是，他的确说动了罗伯特·英格拉姆打这场官司。罗伯特已经资不抵债，而且他的奢华嗜好也不是他这个次子身份所分到的待遇能满足的。他的申诉要求在他父亲过世后与吉尼维尔男爵共享爵位并平分待遇，而依据则是一份十五世纪的文件。

"埃格卑斯顿的大部分土地都是老男爵的领地，因此你可以看到罗伯特主张的权利范围有多大。不管怎么说，在大量债务和所处的困境面前，这是最后的一线希望，而我相信贝丁费尔德在劝罗伯特马上开始打官司的时候并没有太费工夫。

"至于年轻的布罗科尔斯比伯爵，他的态度始终保持平静，因为他在法律方面有九成的胜算。爵位和文件都在他手上，是另一方要逼他拿出文件，或是逼他共享爵位。

"官司打到这一步时，有人劝罗伯特结婚，这样他也许可以生个儿子作为下一代的第一个继承人，因为年轻的布罗科尔斯比伯爵还是单身。他的一些朋友为他找到一位合适的未婚妻，那就是梅波·布莱敦小姐，她是伯明翰一个富有工厂主的女儿，两人的婚礼定于一九〇七年九月十五日星期二在伯明翰举行。

"九月十三日，吉尼维尔的罗伯特·英格拉姆先生抵达新街的城堡酒店，为他的婚礼做准备，可是十四日早上八点钟，有人发现他被人谋杀了，躺在卧房的地板上。

"吉尼维尔贵族鉴定案的结局竟然如此悲惨而又让人意外，双方当事人的朋友们心里都感到非常震撼。我想，在当代社会各阶层引起骚动的所有案子里，没有一桩比得上这件案子。整个伯明翰乱成一团，城堡大酒店的职员每天为驱散挤在大厅里的那些好奇又好问的民众头疼不已，这些人希望知道这个悲剧的细节。

"目前可以说的细节很少，清洁女工在早上八点钟端着刮胡水去罗伯特的房间，她的尖叫引来了酒店的几位服务员。经理和秘书也很快就上来了，立刻报了警。

"乍一看，这个年轻人好像是被某个疯子杀的，手法凶残无比。他的头和身体被一根重木棒或拨火棒打得粉碎，几乎没了人形，好像凶手希望狠狠地报复死者。事实上，警方和医疗官那天记录下的房间里的情况和死者的尸体一样，都是惨不忍睹，难以描述。

"凶杀案应该发生在前一天晚上，被害人穿着睡衣，而且房间里的灯全都开了。凶手的动机很有可能是抢劫杀人，因为抽屉衣橱、大旅行箱和小化妆袋都被搜了一遍，好像在找值钱的东西。地板上有个撕成一半的小皮夹，里面只有几封信，都是写给吉尼维尔的罗伯特先生的。

"布罗科尔斯比伯爵是死者的近亲，也收到了电报，他从大约七英里外的布罗基斯比城堡赶到伯明翰。他非常激动,拿出了高额悬赏金,力促警方搜捕凶手。

"审讯庭开庭定在十七日,也就是城堡大酒店发生命案的三天后,究竟会如何侦破这桩恐怖残忍的命案,在开庭之前,民众只能猜了。"

2

"开庭那天的主角无疑就是布罗科尔斯比伯爵。他深黑色的衣着和他红润的脸色以及金黄的头发之间形成了强烈的对比。陪着他的是律师玛摩杜克·英格梭尔爵士。这时伯爵已经艰难地辨认了亲兄弟,之所以艰难,是因为死者脸部和身体都被毁得支离破碎;幸亏身上的衣服和包括手上的图章戒指在内的一些小饰品没有被残暴的罪犯拿走,靠这些衣物,布罗科尔斯比伯爵才认出了他的弟弟。

"酒店里的几位职员讲述了发现尸体的经过,医疗官对于被害人立即死亡的原因也提出了自己的见解。死者显然是被人用一根拨火棒或粗重的棍子击打后脑而死,然后凶手像是要对被害人泄愤一样,把被害人的脸和身体都打得粉碎,显然是个疯子干的。

"接下来审讯庭传唤了布罗科尔斯比伯爵,要他说明他弟弟生前最后一次见他是什么时候。

"'他死去的前一天早上,'伯爵回答,'他搭早班火车北上到

伯明翰，我则从布罗科尔斯比过去看他。我中午十一点到达酒店，和他在一起待了大概一小时。'

"'那是你最后一次见死者吗？'

"'是我最后一次见。'布罗科尔斯比伯爵答道。他似乎犹豫了一下，好像在考虑要不要说，然后突然决定还是说出来，于是他继续道：'那一整天我都在城里，很晚才回到布罗科尔斯比。因为我有些生意要谈，像往常一样住在格兰德酒店，和几位朋友一起吃的晚饭。'

"'请你告诉我，你是什么时候回到布罗科尔斯比城堡的？'

"'我想是晚上十一点左右。从这里到布罗科尔斯比城堡有七英里远。'

"'这个……'法官稍微顿了顿，这时旁听席的眼光全都集中在证人席上这位年轻英俊、典型的名门绅士身上，'如果我说你们两兄弟之间很不幸有法律纠纷，应该没说错吧？'

"'没错。'

"法官若有所思地摸了一会下巴，然后才说：'要是死者要求共享吉尼维尔头衔和待遇的申诉案被判定有效，那么本来预定在十五日举行的婚礼就是件大事，对吗？'

"'那样的话，确实是的。'

"'那陪审团的先生们是不是能理解为，你和死者早上的会面是在和睦的气氛下结束的？'

"布罗科尔斯比伯爵又犹豫了一两分钟，民众和陪审团都屏息静气等着他说话。

"'我们之间没有不和。'他终于答道。

"'不过也许你们会面时可能会有点分歧,我可以这样推测吗?'

"'我弟弟很不幸地找错了律师,要不就是被那位律师过于乐观的想法误导了。他被一份古老的家族文件吸引而扯进这场官司,而他不但从没见过这份文件,而且因为其中的一些古时候的用语,文件早就作废无效了。我想如果我让弟弟亲自判断这份文件,可能比较厚道。我知道他看过后,就会相信他绝不可能赢得这场申诉案,我也知道这对他来说会是个重大的打击。这就是为什么我想亲自见他,跟他说明,而不愿意通过我们自己律师较正式的——也许更正确的——方式让他明白这一点。我把事实摆在了他眼前,就我这边来说,这绝对是友好的态度。'

"年轻的布罗科尔斯比伯爵以冷静平和的声音,严肃清晰地说了一段尽管有些冗长,却全然出自真心的话来解释事情的经过,可是法官似乎不为所动,他一本正经地问道:'你们分开的时候还是朋友吗?'

"'就我来说,绝对是。'

"'可就他而言不是吗?'法官追问道。

"'我想他自然会恼火,因为他的律师给了他如此糟糕的建议。'

"'你那天晚些时候有没有设法去缓和你和他之间可能的矛

盾？'法官问道，他说的每个字都带着怪异而坚决的强调语气。

"'如果您的意思是问我那天有没有再去见我弟弟，不，我没有。'

"'爵士阁下，那您对罗伯特之死还能不能提供更多的线索？'法官还在追问。

"'很抱歉，我恐怕不能。'布罗科尔斯比伯爵回答得很坚决。

"法官看来好像还是很疑惑，似乎在想什么。最初他好像想继续追问下去，每个人都觉得他问证人时话里有话，大家也都因此而坐立不安，不知道接下来会有什么证词出现。布罗科尔斯比伯爵等了一两分钟，法官最后叹了口气，于是伯爵走下证人席，和他的律师谈了起来。

"一开始他似乎并没有注意城堡酒店的出纳和门房说了些什么，可他渐渐发现这些证人的证词相当奇怪，不禁皱起了眉头，他看上去有些焦急和困惑，脸上气色也变差了。

"城堡酒店的出纳特伦姆莱特先生吸引了法官的注意。他说罗伯特·英格拉姆先生在十三日早上八点钟到达酒店，就住在平时他来这家酒店时住的那间房，也就是 21 号房间。他一到酒店就上楼了，还点了些早餐要人送到他房里。

"到了一点钟，布罗科尔斯比伯爵到酒店来见他的弟弟，直到当晚十二点之前，两人一直在一起。下午死者出去了一趟，大概七点钟左右带回来一位先生一起吃晚餐，出纳一眼就认出那人是天堂街的提摩西·贝丁费尔德律师。两位男士在楼下用餐，之后就上楼到罗伯特先生的房里喝咖啡抽雪茄。

"'我不知道贝丁费尔德先生是什么时候离开的,'出纳继续说,'但我大约记得九点十五分在大厅见到过他。他在礼服外面套了一块大披肩,还戴了一顶苏格兰船形便帽。那时许多从伦敦过来的旅客正好刚到,大厅很挤,而且有个美国人开的宴会调走了我们大部分人,所以我不太能确定当时到底有没有看见他。不过我很肯定和吉尼维尔的罗伯特先生一起吃饭,到了晚上也在一起的是提摩西·贝丁费尔德先生,因为我认得他。到了十点我就下班了,只有晚班门房一个人在大厅。'

"一名服务员和门房说的和特伦姆莱特先生的证词大体一致。他们两个都看见死者在七点钟时和一位先生进入酒店,虽然他们并不认识那个人,但他们对那个人的描述和提摩西·贝丁费尔德先生很相符。

"审讯进行到这里,陪审团主席问为什么提摩西·贝丁费尔德先生没有出庭作证。负责本案的探长告诉他,贝丁费尔德先生好像离开了伯明翰,不过应该很快就会回来。法官提议休庭,等贝丁费尔德先生出现再继续,可在探长的恳求下,法官同意先听听彼得·泰瑞尔的证词。泰瑞尔是城堡酒店晚班的门房,而且,如果你还记得这个案子的细节的话,他就是这个异乎寻常的案件中最引人注目的证人。

"'那天是我第一天在城堡酒店上班,'他说,'我原本是乌尔夫汉普顿街布莱兹酒店的门房。晚上十点钟我才刚上班,这时候来了一位先生，问我能不能见吉尼维尔的罗伯特先生。我说罗伯特先生应该在，可是要上去看看才能确定。那位先生说："没关系，不用麻烦了，我知道他的房间。21号房，对吗？"我还没来得及说什么，他就上去了。'

"'他有没有告诉你他的名字？'法官问。

"'没有，大人。'

"'他长的什么样子？'

"'大人，他很年轻，我记得他身上有一件披风大衣，头上戴着苏格兰船形便帽。可我看不清楚他的脸，他站的地方背光，帽子又遮住了眼睛，而且他只和我说了几句话。'

"'看看四周，'法官平静地说，'法庭上有没有哪位先生像你说的那个人？'

"城堡酒店的门房彼得·泰瑞尔转头对着法庭上的民众，视线慢慢扫过在场的众多面孔，大家都鸦雀无声。突然，他似乎犹豫了一下——只有那么一瞬，然后好像有点意识到他接下来要说的话事关重大，于是他严肃地摇了摇头说：

"'我没法确定。'

"法官想要求他说出来，可他带着英国人典型的漠然表情说：'我没法说。'

"'好吧，那接下来怎么样了？'法官只好改口问。

"'大人，那位先生上去后，过了大概十五分钟又下楼了。我打开大门让他出去，他丢下半个英镑对我说："晚安！"然后就匆

匆离开了。'

"'那如果你再见到他，你还能认出来吗？'

"那门房的本能地再看了一眼法庭上的某张脸。他又犹豫了好几秒钟，这几秒钟像是有几小时那么长，某个人的名誉、性命都系在上面。

"然后彼得·泰瑞尔又慢慢地说了一次：'我不能确定。'

"可是法官和陪审团还有拥挤的法庭上的所有观众都看到了，彼得在犹豫的那一刻，目光停在了布罗科尔斯比伯爵的脸上。"

3

角落里的老人向波莉眨了眨他那双有趣的淡蓝色眼睛。

"难怪你会困惑，"他继续说，"难怪那天法庭上除了我，大家都没明白。只有我一个人弄清了这件可怕命案的犯罪手法、过程，尤其是动机。你很快也会明白的，因为我会清清楚楚地把详细情况说给你听。

"但在你明白之前，我必须得再让你糊涂一次，就像法官和陪审团在那场不寻常的庭审后的第二天一样。法庭必须休庭，因为提摩西·贝丁费尔德先生的出庭非常重要。一点也不夸张地说，大家觉得他在这个紧要关头离开伯明翰实在有些奇怪；而不认识这位律师的人都想见到他在命案当晚出现在几个证人面前时的装束，是否就是那个身穿有披肩的大衣、头戴苏格兰船形便帽的样子。

"法官和陪审团就座后，警方提供的第一条信息却令他们非常吃惊，因为他们一直都无法确定提摩西·贝丁费尔德先生的行踪，虽然大家都认为他应该没有走远，而且很容易就可以追查到，但事实是找不到此人。现场有位证人，警方认为她也许知道这位律师在哪儿，因为他显然在见了死者之后，就直接离开了伯明翰。

"这位证人是希金斯太太，贝丁费尔德先生的管家。她说她的主人常常去伦敦出差，尤其是最近。他通常乘晚班火车去，大多一天半就回来了。他随时准备好一个出差用的大旅行箱，因为他经常在接到通知后很快就离开了。希金斯太太还说贝丁费尔德先生在伦敦时都住在大西部酒店里，如果发生任何急事需要他返回伯明翰，他都让她把电报发到那儿。

"'十四日那晚,'她继续说,'大概九点三十分左右，一名信差带着一张我主人的名片来到门前，他说贝丁费尔德先生派他来拿大旅行箱，然后在火车站碰头，因为主人要赶九点三十五分的火车。我当然把皮箱给了他，因为他带了名片，我想应该不会错。可从那时候起，我就没有主人的消息了，我也不知道他什么时候会回来。'

"在法官的询问下，她继续说，贝丁费尔德先生从来都没有外出这么久而不要她把信转寄给他的，他的信现在已经积了一大沓。她也写过信给伦敦的大西部酒店，问她该如何处理这些信，可也没回音。她不认识那个来拿大旅行箱的信差。以前贝丁费尔德先生外出用餐时，有过一两次也是以同样的方式拿他的东西。

"贝丁费尔德先生那天下午六点钟外出时，的确在礼服外罩着了一件披肩大衣，还戴着苏格兰船形便帽。

"一直没找到信差，而且从那时开始，也就是大旅行箱被拿走以后，提摩西·贝丁费尔德先生似乎也失踪了。他到底有没有搭九点三十五分的火车去伦敦，这件事始终无法确定。警察询问过至少十几个火车站的搬运工，也问过许多收票员，可是对于一个穿披肩大衣、戴便帽的先生，谁也没有印象。在九月一个寒冷的晚上，穿成这样的头等车厢旅客不止一个。

"你看，这儿有个疑点，问题全出在这儿。这位律师，提摩西·贝丁费尔德先生，无疑是躲了起来。别人最后一次看见他时，他正和死者在一起，穿着披肩大衣，戴着苏格兰船形便帽，两三位证人看到他在九点十五分离开酒店。之后一个信差到这位律师家拿了大旅行箱，然后贝丁费尔德先生就好像从空气里消失了一样。可是……这可是个重要的'可是'——城堡酒店的晚班门房大约在半个小时后好像看到有个人穿着那身披肩大衣和船形便帽，上楼去了死者的房间，在那儿大概待了十五分钟。

"听了那天晚班门房和希金斯太太的证词后，你肯定和大家一样认为一根丑恶黑暗的手指指向了提摩西·贝丁费尔德先生，尤其是他不知因为什么原因，不到场为自己澄清，这的确有待解释。但还有一件小事，或许是件微不足道的小事，法官和陪审团却也不敢忽略，虽然严格来说，这件事并不能被当作证据。

"你记得吗，晚班门房被问到他是否能在法庭现场认出去找罗伯特的夜间访客时，大家都注意到他犹豫了，而且记得他怀疑的眼神停在了年轻的布罗斯比伯爵的脸上和身上。

"现在，如果这位深夜来访的客人是提摩西·贝丁费尔德先生，他长得又高又瘦，皮肤干得像灰，有像鸟一样的鹰钩鼻，下巴的胡子刮得干干净净，任何人即使只是随意地看他一眼，都不可能把他和布罗科尔斯比伯爵混淆在一起，因为伯爵脸色红润，人又矮。他们两个之间唯一相同的是撒克逊人的头发。

"这点很奇怪，你觉得呢？"角落里的老人继续说，他现在非常兴奋，手指像又长又细的触角，绕着他那根细绳动了起来，"这点对提摩西·贝丁费尔德非常有利。而且你一定还记得，就他这个律师而言，吉尼维尔的罗伯特等于是只会下金蛋的鹅。

"吉尼维尔贵族鉴定案让贝丁费德尔出了名，现在申诉人死了，官司不可能再继续打，因此就贝丁费尔德来说，他完全没有杀人动机。"

"可是布罗科尔斯比伯爵就不同了，"波莉说，"我常在想……"

"什么？"老人打断她的话，"你认为布罗科尔斯比伯爵和贝丁费尔德交换衣服穿，好更方便地去杀他的亲弟弟？如果是这样，既然九点十五分的时候披肩大衣和船形便帽出现在城堡酒店的大厅，而一直到十点钟为止，布罗科尔斯比爵士都在和朋友在格兰姆酒店吃晚餐，那么他们在哪儿、又是什么时候换的衣服？别忘了，晚餐的证词后来被证实确有其事，而且他十一点整回到城堡，那里离伯明翰有七英里远，可那个戴便帽的人是在十点以后拜访罗伯特的。"

"然后贝丁费尔德就失踪了，"波莉边想边说，"这一点确实对他非常不利。我相信他事业顺利，而且相当有名。"

"而且从那天到现在都没再有过这个人的消息。"那个老稻草人咯咯地笑着说，"难怪你会困惑。警方当时也很困惑，事实上现在依然困惑。可其实很简单！只因为警方没有进一步调查这两个人——布罗科尔斯比伯爵有强烈的动机，而且晚班门房看他的时候眼神犹豫；贝丁费尔德没有动机，可是证词对他不利，而且他的失踪也像是畏罪潜逃。

"要是他们像我一样，稍微想想死人和活人的各种情况就好了。要是他们能注意到贵族鉴定、罗伯特的债务以及他最后的一线希望都化为了泡影，那就好了。

"那天布罗科尔斯比伯爵平静地把古文件的正本给他弟弟看，让他明白他所有的希望都是枉费心机。天知道这个申诉案让他欠了多少债，做了多少承诺，又借了多少钱，难道这只是个幻想？他眼前什么希望都看不到！哥哥和他关系变得更糟了、婚也许结不成了，事实上他整个人生都完了。

"或许他非常恨布罗科尔斯比伯爵，可是他更恨那些骗他，让他陷入这个没有希望的沼泽的人，非常痛恨，这很正常，也许罗伯特还为此欠贝丁费尔德一大笔钱，那位律师以丑闻威胁他，要他借高利贷还钱。

"想想整件事，"他继续说，"然后告诉我，你还能找到比'杀了这个仇家'更强烈的动机吗？"

"可是你说的是不可能的。"波莉喘了口气说。

"请容我这样说，"他说，"那是非常可能的——非常简单而且容易。晚餐后只有这两个人去过罗伯特的房间。你，代表民众和警方，说贝丁费尔德离开一个半小时后又回来杀了他的当事人。我说那天晚上九点被杀的是那个律师，而罗伯特这个没有希望、要破产的人才是凶手。"

"那——"

"对，当然，现在你想起来了，因为我已经把你带到了正确的方向。死者的身体和脸部被打得稀烂，让人无法辨识。这两个人身高一样，只有头发没办法损毁，可两个人的头发颜色又相近。"

"然后凶手替被害人穿上他的衣服。他非常小心，把自己的戒指套在死者的手指上，把自己的表放到口袋里。这是很恐怖但又很重要的工作，而且做得很好。然后他自己穿上被害人的衣服，最后披上披肩大衣，戴上船形便帽，趁着大厅里都是人的时候，在没人注意的情况下溜走。他找了一个信差去拿贝丁费尔德的大旅行箱，然后搭夜班快车离开了。"

"可他十点钟又回了城堡酒店。"波莉争辩道，"多危险呀！"

"危险？没错！可是这多聪明啊！你看，他是布罗科尔斯比伯爵的双胞胎弟弟，既然是双胞胎，总是有些相似的。他想装死，假装已经被某个人杀死，是谁杀死的无所谓，他真正的用意是迷惑警方的眼睛，而他也成功地实现了报复的愿望。或许，他想确定现场没有遗漏什么，想确定那具除了衣服、整个都被打烂到无法辨认的尸体会让每个看到的人都以为那是罗伯特，而真正的罗伯特却从这个旧世界永远地消失了，到一个新天地重新开始生活，这又有谁知道呢？

"你必须经常想到这条绝无例外的法则：凶手总会重新回到犯罪现场，即便只是一次，凶手也是会回去的。

"命案发生已经两年了，还是没找到提摩西·贝丁费尔德律师，我可以向你保证，绝对找不到他了，因为他的平民之躯正埋在布罗科尔斯比伯爵家族的贵族墓穴里。"

波莉还没来得及说什么，老人已经走了。提摩西·贝丁费尔德，布罗基斯比伯爵，还有罗伯特的脸像是在她眼前舞动，嘲笑她因为他们而陷入无可救药的困惑当中。然后所有的脸都消失了，或者说变成一张又高又瘦、像鸟一样的脸，鹰钩鼻上戴着骨边眼镜，下面露出一个狂野而粗鲁的笑。依然困惑也依然心有疑虑的波莉最后为自己勉强够吃的午餐付了账，也离开了咖啡店。

柏西街神秘命案

1

波莉·伯顿小姐和理查德·弗罗比舍先生因为角落里的老人而发生过多次争论。老人本身似乎比他分析推理的案子要更有趣，更神秘。

而且，迪基觉得波莉现在的闲暇时间都花在了那家咖啡店，比以前陪他的时间还多，他闷闷不乐的愚蠢表情把他的内心想法都出卖给了她，那是男性吃醋时绝对会显露，可是又不肯承认的表情。

波莉喜欢让迪基吃醋，可是她也很喜欢咖啡店里的那个老稻草人。所以尽管常常会对迪基做出些模棱两可的承诺，但她最后还是本能地溜到诺福克街的店里，只要角落里的老人愿意说多久，她就能喝多久的咖啡，日复一日。

有一天下午，她走进咖啡店，希望能让他说说对柏西街欧文太太神秘死亡一案的看法。

她对这件事一直很感兴趣，但也让她很困惑。她和弗罗比舍先生为了这个谜团最可能的三种答案争辩过无数次——是意外死亡？自杀？还是他杀？

"毫无疑问，这不是意外，也不是自杀。"老人干巴巴地说。

波莉觉得自己都没讲过话，这个人就能看穿她的心思，真是不可思议！

"那你认为欧文太太是被谋杀的。你知道谁干的吗？"

他笑了，拿起那根一分析谜题就被他玩弄于指掌间的绳子。

"你想知道谁杀了那个女人吗？"他终于开口问。

"我想听听你对这件事情的看法。"波莉回答。

"我没有看法。"他还是面无表情地说，"没人知道谁杀了那个女人，因为从来没有人见过杀她的人。这个独自作案、手法聪明利落、让警察跟他玩捉迷藏的神秘男子，没有人能给出任何关于他的描述。"

"可是你一定有自己的推理。"她追问道。

这个可笑的老人对这件事的固执让她很不满，于是她决定刺激他一下。

"事实上，我觉得你以前说'绝对没有谜案这回事'毕竟不是总能成立的吧。柏西街命案就是一桩谜案，而你也像警察一样，对这案子束手无策。"

他扬起眉毛，瞪着她看了足有两分钟。

"你必须承认，除了苏俄外交之外，这桩谋杀案算是干得最漂亮最聪明的。"他带着一丝神经质的笑说，"要我说，如果我是法官，要我去判犯下这起谋杀案的人死刑，我是做不来的。我会礼貌地请那位先生加入我们的外交部——我们需要这样的人才。整个命案现场真的很有艺术感，正好符合它的背景——托特纳姆法院路柏西街的鲁本斯艺术中心。

"你有没有注意过？他们名义上是艺术中心，实际上只是街边一栋房子里的一排房间，窗户稍微大一点，所以白天暗淡的阳光能射进这些满是灰尘的窗子，定的租金多半考虑到了这些情况，所以应该不高。一楼是订购室，展示一些彩色的玻璃艺术品；后面是工作室；二楼楼梯平台有个小房间是给看门的人住的，提供瓦斯煤炭，每周给十五先令的工资，拿着这么微薄的收入，她要负责把屋子打扫干净，把房子整理得大致像个样子。

"欧文太太是艺术学院看门的，她是位少言寡语、值得尊敬的女士，靠着微薄的薪资和这群贫穷的艺术家们给的小费——多半少得可怜——勉强能让自己糊口，而她在中心为他们做些家务杂事作为回报。

"不过，欧文太太虽然薪水不高，但还算稳定，而且她也没有什么特别的嗜好。她和她养的凤头鹦鹉靠她的薪水过活，而所有的小费都存了起来，年复一年地积攒，也攒成了一笔钱，存在伯克贝克银行涨利息。这笔小钱渐渐累积成一笔不小的数目，因此这位节俭的寡妇——或许根本没结过婚——被鲁本斯艺术中心里的年轻艺术家们称为阔太太，不过这是题外话。

"除了欧文太太和她的鹦鹉，没有人住在这里。艺术中心规定晚上房客离开各自的房间后，要把钥匙还到欧文太太那里。这样隔天早上她才能打扫房间和楼下的订购室，然后搬煤生火。

"玻璃工房的领班平时都是第一个到学院。他有大门钥匙，进来后，他要再把临街的大门打开，好让其他的房客和访客进来，这是这儿的惯例。

"一般来说，他早上九点到学院的时候，会看到欧文太太忙来忙去，而他也会和她简单地聊上几句，比如聊聊天气。可是二月二日早上，他没看到欧文太太，也没听到她走动的声音。但工作室都整理过，火也生好了，他猜想欧文太太今天只是比平常早完成了工作，就没有多想。中心的房客一个个到了，那一天很快过去，没人注意到这位女士一直没有露面。

"前天夜晚出奇的冷，白天甚至更糟，外面刮着刺骨的东北风，晚上下的雪堆得厚厚的。到了下午五点钟，这昏暗冬日的最后一缕阳光也消失了，美术协会的会员们收好调色盘和画架，准备回家。第一个离开的是查尔斯·皮特先生，他锁上画室，然后像平常一样，把钥匙拿到欧文太太的房间。

"他一打开门，一阵寒气迎面而来，屋里的两扇窗户都大开着，雨雪密密麻麻地打进房里，地板上铺着一块白色的毯子。

"房间里已经很暗了，皮特先生一开始什么也没看到，可直觉告诉他出事了。他划了一根火柴，然后就看到了这桩神秘惨剧的可怕的景象，警察和民众也从这里开始为之绞尽脑汁。欧文太太脸朝下、身穿睡衣趴在地上，身上已被飘进来的雪花盖了一半，露在外面的双脚和双手已经变成深紫色；而房间角落里的白鹦鹉冻得缩成一团，僵硬地躺在那儿。"

2

"大家一开始以为这只是个可怕的意外，是由于一时的粗心造成的，法庭上的有关证词或许能解释一切。

"送医院时已经太晚了，那可怜的女人已经去世，她是在自己的房间里被活活冻死的。经过进一步的检查，发现她脑后受到了一次重击，使她在打开的窗户边昏倒。零下5℃的温度成了帮凶。探长豪厄尔发现窗边有个铁做的煤气托架，高度和欧文太太脑后的瘀伤正好一样。

"没过几天，民众的好奇心又被几个耸人听闻的报纸标题挑起。比如半便士的晚报就知道如何写。

"'柏西街神秘命案''自杀还是他杀？''惊天内幕——离奇的进展''轰动的逮捕行动'，等等。

"简单来说，事情是这样的：在法庭上，一些和欧文太太生活有关的怪事被揭露出来，一位出身良好家庭的年轻人被捕，罪名和那可怜的欧文太太的惨死有关。

"这话得从头说起，她的生活过去应该一直是平凡、单调而且规律，可最近她却变得比以前要兴奋。所有认得她的证人都同意这点，从去年十月起，这个诚实可靠的女人变了不少。

"我正好有一张欧文太太的照片，是她还没有发生变化、还过着平淡日子的时候照的。对她这位可怜人来说，这个大转折变成了大灾难。

"这就是活着的她，"滑稽的老人把照片放在波莉面前，继续说道，"一本正经、索然无趣，就像许多女人一样。你可以想象这可不是能诱惑年轻人的脸，或者说不是能让年轻人犯罪的脸。

"可是有一天，欧文太太，对，就是这位一本正经的欧文太太，在晚上六点钟之后盛装出门，她头戴一顶华丽的软帽，穿着一件镶有仿羊皮花边的大氅，袍子前头还微微敞开，露出一串高纯度的金项链和坠子。所有鲁本斯艺术中心的房客看到她都很惊讶。

"风流的美协会员对这个一本正经的女人有不少议论，当然也少不了暗示和讽刺。

"从那天开始，情况变得更加明显了，这位鲁本斯艺术中心的可靠门房有了一个大转变。她日复一日地穿着昂贵的新衣服出现在吃惊的房客和把她当成丑闻看的邻居面前，她完全忽略了自己的工作，而且每次要找她的时候，她总是不在。

"对于欧文太太的挥霍行为，鲁本斯艺术中心各个部门当然都有议论，房客们也纷纷揣测，不久之后，大家都一致认为这位诚实可靠的门房周复一周甚至日复一日地堕落，和租8号画室的年轻人格林西尔有极大的关系。

"大家都说，他晚上比谁都走得晚，而且没有人相信他走得晚是因为工作。怀疑很快就变成了事实，欧文太太和亚瑟·格林西尔在托特纳姆法院路上的甘比亚餐厅吃饭时被玻璃工房的一个工人看到了。

"这个工人坐在吧台边喝茶，他很清楚地看到结账时欧文太太从钱包里拿钱。他们的晚餐很丰盛，小牛排，甜点，咖啡，还有利口酒。最后两人一起离开餐厅，显然都很愉快，年轻的格林西尔还抽着一根上等雪茄。

"这些反常的事迟早会被奥尔曼先生发现，他是鲁本斯艺术中心的房东。过完新年的头一个月后，他没有事先通知就告诉欧文太太，要她一周内辞职搬走。

"'我通知欧文太太的时候，她好像一点也没有不高兴。'奥尔曼先生在法庭上作证时说，'她反而告诉我她有的是钱，最近还在这工作只因为还有事。她还说她有很多朋友愿意照顾她，因为她会给知道怎么照顾她的人留一笔不小的钱。'

"不过，虽然她和奥尔曼会面时很愉快，但6号画室的房客贝德福德小姐却说她那天下午六点三十分拿钥匙去欧文太太房间时，发现她正在哭。她不要贝德福德小姐安慰，也不肯说出心事。

"二十四小时后，就有人发现她死了。

"陪审团没有做出判决，警方指派琼斯探长去调查年轻的格林西尔先生，他和那个可怜女人的亲密关系现在已是尽人皆知，引得大家议论纷纷。

"不过，探长连伯克贝克银行也调查了起来。他发现欧文太太在和奥尔曼先生见面后，就提走了银行账户里所有的钱，有八百英镑左右，这是她二十五年来省吃俭用存下来的。

"但琼斯探长努力的最直接成果是把从事平版印刷的亚瑟·格林西尔先生带上了弓箭街法庭，指控他涉嫌珀西街鲁本斯艺术中心管家妇欧文太太之死。

"有几次精彩的审讯，我都不幸错过了，这场是其中之一。"角落里的老人肩膀紧张地微微颤抖，继续说，"不过，你跟我一样清楚，那年轻的嫌疑犯的态度给法官和警方留下了非常差的印象，随着新证人和证据越来越多，他的处境越来越不妙。

"他是个英俊潇洒、举止却有些粗鲁的年轻小伙子，一口糟糕的伦敦腔真会让人烦躁地跳起来，可他看来非常痛苦而且紧张，每个词都说得结结巴巴的，而且总是答非所问。

"他的辩护律师是他的父亲，一个看来蛮横的老人，外表像个给乡下人打官司的小律师，而不是伦敦的大律师。

"关于起诉这位平版印刷工，警方已经掌握了对这位平版印刷工非常不利的证据。医学分析还是那些，说欧文太太死于严寒，后脑勺挨的那一下除了让她暂时昏迷，并不是太严重。医生赶到现场时，她已经死了一段时间；很难说死了多久，一小时、五小时，甚至十二小时都有可能。

"警方也再次搜查过这个不幸女人的房间，也就是皮特先生发现她的地方。欧文太太那天白天穿过的衣服被叠得整整齐齐地放在椅子上，衣橱的钥匙还在衣服的口袋里。房门稍稍打开，可是两扇窗户都打开着，其中一扇因为拉窗户的绳断了，于是窗户很巧妙地被人用一条绳子绑住。

"欧文太太显然已经脱衣服准备睡觉，法官当然很快就觉得意外死亡的推理站不住脚。意识清醒的人不会在零下的温度中脱衣服，还大开着窗。

"介绍完这些基本资料后，法庭传唤了伯克贝克银行的出纳，他叙述了欧文太太到银行的情形。

"'大概下午一点钟，'他说，'欧文太太到银行来要兑现一张抬头是她名字的支票，金额是八百二十七英镑，正好是账户里的余额。她看来很高兴，说需要用到很多现金，因为她要出国见她的侄子，以后就在那儿替他照料家务。我提醒她要小心这一大笔钱，不要糊里糊涂就把钱给了别人，因为像她那个阶层的妇人很容易受骗。她笑着说她不仅现在会当心，以后也会当心，因为当天她就要去律师事务所立遗嘱。'

"出纳的证词确实让人觉得非常吃惊，因为在她房里一点钱都找不到；此外，欧文太太神秘死亡的那天早上，有两张银行兑给她的钞票被年轻的格林西尔用了，其中一张付给了伦敦西区衣饰公司，因为他在那里买了一套衣服；另一张在牛津街的邮局换成了零钱。

"接下来，当然又重复了一遍有关格林西尔和欧文太太亲密关系的证词。这年轻的小伙子专心听了所有的证词，露出了极为痛苦的紧张神情，他脸色发青，嘴唇干裂，因此他不停地用舌头舔。当警员E18作证说二月二日深夜两点钟，他在柏西街和托特纳姆法院街的交叉路口看到被告，还跟他说过话时，格林西尔简直快晕过去了。

"警方的推理是格林西尔在欧文太太上床之前将她杀害，目的是谋财害命，因为只有他和那女人有亲密关系，而他深更半夜还在鲁本斯艺术中心附近出现也无疑证明了这一点。

"他为自己做的申辩，还有对那天晚上发生的事情做的解释确实不能令人信服。欧文太太是他已经去世的母亲的亲戚，他自己从事平版印刷，平常空闲时间很多。他确实在闲暇时曾带那个老妇人去过几个娱乐场所，也不止一次向她建议说搬来和他同住，不要再做那种卑微的工作。可惜她被侄子影响太深。她的侄子也姓欧文，他竭尽所能地剥削这位好脾气的女人，而且不止一次偷了她在伯克贝克银行的存款。

"检察官仔细询问格林西尔关于欧文太大这位侄子的详情，他承认他不认识，也从来没见过这个人。他只知道他姓欧文。那人主要的工作就是剥削这位好心肠的老妇人，可他只在晚上见她，因为他知道学院的房客到那个时候已经结束了一天的工作，都离开了，只有她一个人还在。

"我不知道你这会儿有没有想到，这番话与银行出纳最后一次和欧文太太谈话的内容存在矛盾？法官和检察官当时都想到了。

这个不幸的女人说过'我要出国去见我的侄子，以后就留在那儿替他照料家务'。

"格林西尔虽然很紧张，而且回答问题时自相矛盾，但仍旧坚持他原来的说法，说她的确有个侄子在伦敦，常来找他的伯母。

"不管怎样，那女人已经被杀害了，她的话在法律上不能作为证词。格林西尔的父亲辩称说她也许有两个侄子，法官和检察官不得不承认这有可能是事实。

"至于欧文太太死的前一晚，格林西尔说自己陪她去剧院，然后送她回家，并且在她房里吃了晚餐。他离开之前大约是深夜两点，欧文太太拿出十英镑送给他作为礼物，还说：'亚瑟，我也可以算是你的姨妈了，而且如果你不拿这钱，比尔也一定会拿走。'

"她傍晚的时候看起来很忧虑，不过后来就高兴起来。

"'她谈到她侄子或是钱的事了吗？'法官问。

"那小伙子又犹豫了一下，可他说：'没有，她没有提到她的侄子，也没有提到钱的事。'

"我不在现场，"角落里的老人又说，"如果我没记错，这案子的庭审就此暂停，可法官不准交保。格林西尔被带走的时候，看起来已经心如死灰，虽然大家都说他父亲好像意志坚定，而且毫不担心。当他代表儿子质询法官和其他两位证人的时候，他非常巧妙地让他们把欧文太太最后活着的时间混淆了。

"那天早上，整座房子的例行清洁工作都做完了，他就这一点事实做了很好的辩护。他说，一个女人会一整晚做什么样的事情，尤其在穿着漂亮衣服正要出门看戏的时候？大家觉得合理吗？这一点的确说中了检方的弱点。可是检察官马上反驳说，一个处在这样的生活环境中的女人，早上九点钟做完了工作，在敞开的窗户旁脱下衣服，让雨雪吹打进房间里，难道这就说得通吗？

"现在，好像只要有人在那要命的深夜两点以后看到被谋杀的欧文太太还活着，即使是偶然路过的人也好，格林西尔的父亲就可以找出一大堆证明他儿子有不在场证据的证人。

"不过，由于他是个能干诚实的人，我想法官因为他全力为儿子辩护，对他比较同情，因此批准延后一周开庭。格林西尔先生对这项裁决似乎十分满意。

"同时，报纸也在尽力挖掘和柏西街谜案有关的事，对此大谈特谈。你肯定知道，他们对真相有过无数次的争论：这是意外？自杀？还是他杀？

"一周过去了，起诉年轻的格林西尔的案子继续开庭。法庭还是很挤，大家不用细看就能立刻察觉到，嫌疑犯可能觉得自己被判无罪的希望较大，他的父亲也显得很高兴。

"检方又拿出一堆不重要的证词，然后轮到了辩方。格林西尔先生传唤贺尔太太上证人席，她是柏西街甜品店的老板娘，就住在鲁本斯艺术中心对面。宣誓之后，她说，二月二日早上八点钟，她正在清洁店里的窗户，看到了对面学院的欧文太太，那女人跟往常一样跪着清理前门的台阶，一条大围巾裹住了脸和身体。她丈夫也看到了欧文太太，而且贺尔太太对她丈夫说，她真庆幸她这家店的台阶是铺了砖的，不用在这么冷的早晨去刷洗。

"同一家甜品店的老板，贺尔先生，证实了她说的话。老格林西尔先生得意扬扬地请出了第三个证人马丁太太，她也住在柏西街上，早上七点三十分的时候，她从二楼窗户看到欧文太太在门前掸地毯。这位证人描述说欧文太太那天用围巾包着头，每一个细节都和贺尔夫妇的说法相吻合。

"格林西尔老先生接下来要做的就轻松了。那天早上八点钟，他儿子在家吃早餐，不仅他自己可以作证，他家的仆人也可以证明。

"对于审判庭上格林西尔焦虑的原因，我本可以指点一下警方，但我可不愿意替警察去做他们该做的事。我为什么要帮他们？格林西尔永远不会因为不公的嫌疑而遭殃。只有他和他父亲，还有我，知道他的处境有多危险。

"那小伙子当天清晨快五点时才回家。最后一班火车已经开走，他只好走路，却又迷了路，在汉普斯特德附近绕了几个小时。想想看，如果柏西街甜品店的老板夫妇没有看到围着大围巾、跪着刷洗前门台阶的欧文太太，他会落到怎样的下场？

"还有，老格林西尔先生是个律师，他在约翰街贝德福德巷里有间小小的事务所。欧文太太死前的那天下午，她在那儿立了遗嘱，把所有的积蓄都留给了亚瑟·格林西尔。要不是这遗嘱在他父亲的手里，早就理所当然地被当成另一个将亚瑟·格林西尔拉上绞刑台的证据，这可是证据链中具有强烈动机的一环。

"所以，那个被杀的女人在他到家几小时后还活着，在这点没有完全得到证实之前，那年轻人面如死灰，一点也不奇怪吧？

"我刚刚说'被杀'的时候，看到你在笑——"

角落里的老人继续说，现在他的故事快要讲到最后了，他有些激动。

"我知道，亚瑟·格林西尔获释之后，大家都很满意，觉得柏西街谜案原来只是一次意外，或者是自杀。"

"不可能，"波莉回答说，"不可能是自杀，有两个很明显的原因。"

他有些吃惊地看着波莉。波莉想他之所以吃惊，是因为自己竟然敢下判断。

"那么我能不能请教你，据你看，那两个原因是什么呢？"

他的问题满是嘲讽的味道。

"首先是钱的问题，"她说，"到现在为止，除了追踪到的那两张钞票，其他都没找到吧？"

"连一张五英镑都没找到，"他咯咯地笑了，"博览会时全在巴黎换掉了。你无法想象这有多容易，随便哪家旅馆或小型找换店都可以换。"

"她侄子真是个狡猾的坏蛋。"她说。

"那你相信这个侄子确实存在？"

"这有什么好怀疑的？一定有某个对房子很熟悉，才能大白天在里头走来走去而不会引起别人注意的人。"

"大白天？"他又咯咯地笑着问。

"至少是早上八点三十分以后。"

"所以，你也相信这个'包在大围巾里，跪着洗前门台阶的欧文太太'的说法吗？"他问波莉。

"可是……"

"跟我聊了这么久，你一定学到了不少，可是你却没想到，那个人小心翼翼地把鲁本斯中心的清扫工作做完，生好火，又把煤搬上楼，只为了争取时间，只为了让冰冷的霜雪真的帮他达到目的，让欧文太太确实在死亡之前不至于熬过来。"

"可是——"波莉又提出了她的意见。

"你一直没想到的是成功犯罪的最大秘诀之一就是让警察搞不清作案时间。如果你还记得，摄政王公园命案之所以手段高明就高明在这一点上。

"这样一来，这个侄子——既然我们承认他存在，虽然能不能找到他还是个问题——就像小格林西尔一样，就有很有力的不在场证明了。"

"可我不明白——"

"不明白她是怎么被杀的？"他着急地说，"当然你全都看出来了，因为你承认有个侄子靠这个好说话的女人生活——他也许是个流氓，他威胁她、恐吓她，次数多到她认为钱存在银行里都不安全。那种阶层的女人有时候很容易不相信英格兰银行。不管怎样，她把钱都取了出来。谁知道她接下来要用这笔钱做什么？

"不管怎样，她希望死后把钱交给一个她喜欢的年轻人，一个知道怎样讨好她的人。那天下午这侄子又来要钱，又哀求又威胁，他们争执了起来，可怜的女人哭了，还好去剧院看戏让她得到了短暂的安慰。

"深夜两点，格林西尔和她分开。两分钟后，侄子来敲门说他错过了最后一班火车，这个借口听上去说得通，求她让自己在房子里随便找个地方睡。那好心的女人建议他睡在一间画室的沙发上，然后自己也准备上床睡觉。其他就简单了。这位侄子偷偷溜进他伯母的房间，发现她穿着睡衣站在那儿，他向她要钱，还用暴力威胁她，她在惊恐中摇摇晃晃地将头撞倒了煤气托架上，然后昏倒在地，而那个侄子找到她的钥匙，拿走了八百英镑。你得承认，接下来犯罪现场的布置可以说是只有天才才能做出来的！

"没有挣扎，没有一般犯罪时用的那些丑恶的犯罪工具。只有敞开的窗户，朝东南方猛刮的寒风，还有飘进来的大雪——这两个同伙安静得很，像死人一样安静。

"接下来，神志清醒的凶手在房子里四处忙活，做一些确定能让别人在一段时间内不会察觉欧文太太失踪的事。他清洁打扫，几小时以后，他甚至套上他伯母的裙子和大背心，用围巾包起了头，大胆地让已经起床的邻居看到他，让他们以为自己是欧文太太。然后他回到房间，变回自己平常的样子，接着悄悄地离开屋子。"

"他可能被人看到了。"波莉提醒他。

"他的确被两三个人看到，可是一个人在那个时候离开中心很正常，没有人会多想。天很冷，一直在下大雪，他下半边的脸围了条围巾，看到他的人也不能保证能认出他。"

"从此再没有人看到他或是听到他的消息了吗？"波莉问。

"他已经从这世界消失了。警察在找他，也许有一天会找到。如果找到了，那这个年代的犯罪天才又少了一个。"

结　局

　　他停下来陷入沉思，波莉也沉默了。有个时隐时现、不甚明晰的记忆挥之不去，这个念头一直在她的脑子里萦绕，让她心里大乱。这个念头在她心里有一种难以解释的感觉，告诉她应该回想那件丑恶的罪行。其中有样东西——要是她记得是什么就好了——能给她线索，让她破解这悲惨的谜案，这次，可以让她打败角落里这个自负又尖酸的稻草人。

　　他透过一副硕大的骨边眼镜看着她，而波莉可以看到他瘦骨嶙峋的手指，他的手指在桌面上不停打结、打结、打结，直到她怀疑这世界上到底有没有别的手指可以解开他在这根破旧的细绳上打好的结。

　　突然，好像无中生有似的，波莉想起来了——整件事情像闪电一般呈现在她眼前，清晰地一闪而过：欧文太太躺在敞开的窗户边死了，其中一扇的上下拉绳是断的，非常巧妙地用一根细绳绑了起来。她想起了那时大家对这根暂时充当拉绳的绳子议过的内容。

波莉想起图片报上有照片，照出这根结打得极好的细绳。那根细绳设计得很好，让窗框的重量把结压得更紧，使得窗户一直打开着。她想起来大家对这根重要的细绳有很多推测，其中主要的推测是：凶手是个水手，因为死死系住窗框的结打得非常精细、非常复杂又非常多。

但波莉更清楚。她看到这些手指因为激动而更加紧张，开始机械似的甚至无意识地抓起一团绳固定窗户，然后是不可抗拒的强烈习惯，她看到那瘦骨嶙峋又灵巧的手指在那根细绳上不停地一个结一个结地打，比她以前亲眼见过的那些结更巧妙、更复杂。

"如果我是你的话，"她不敢看老人坐着的那个角落，"我会戒掉这个一直在细绳上打结的习惯。"

他没有回答。最后，等到波莉终于鼓起勇气抬头看时，角落已经空了，桌面上放着几枚硬币，在桌子那头她可以看到老人身上粗花呢外套的衣角，他独特的帽子，瘦弱的身影，老人很快在街上消失了。

不久之后，《观察家晚报》的波莉·伯顿小姐终于嫁给了《伦敦邮报》的理查德·弗罗比舍先生。从那天起，她再也没有见过角落里的老人。

译者后记

　　回顾历史，第一部"安乐椅神探模式"的推理小说当属爱伦·坡的《玛丽·罗杰谜案》，爱伦·坡笔下的侦探杜宾，这位史上第一大侦探靠报纸上的信息拼出了玛丽·罗杰一案的轮廓。小说中的案件原型是纽约的一桩真实罪案。有个名叫玛丽·罗杰的少女在纽约被杀害，但案子直到爱伦·坡的小说发表时也没有告破。在小说中，与其说是杜宾在破案，还不如说是爱伦·坡本人借杜宾的口来进行自己的推理。虽然和之后的调查结果有些不同，但主要的推理是正确的。

　　在这之后，很多推理小说家都曾尝试以这类模式创作，比如阿加莎·克里斯蒂的《五只小猪》，小说把"安乐椅神探模式"与"心证推理"巧妙地结合在一起，侦探波罗通过五位当事人的回忆，把一起十六年前的疑案重构整合，最终推理出案件的真相。此外还有阿加莎·克里斯蒂笔下的简·马普尔小姐，比如在她的短篇集《死亡草》中，马普尔小姐每周二晚就和朋友们聚会，让他们挨个说出自己所知道的神秘案件，再由马普尔小姐来推理。雷克斯·斯托克将安乐椅神探长篇化，写出了尼洛·沃尔夫系列。这位史上最胖的侦探因为不愿意出门而成为"安乐椅神探"。约翰·罗德塑造的兰斯洛特·普利斯特莱博士也在几部作品中扮演了安乐椅侦探的角色。普利斯特莱虽然偶尔也会离开书房去收集证据，但主要还是委派他人去跑腿，这一做法也为后来选择安乐椅模式的推理小说作家所采纳。近代的美国作家杰佛瑞·迪佛笔下的林肯·莱姆也是一个不错的例子，系列作品中的《人骨拼图》更是走上了大荧幕。

在众多"安乐椅神探"中，最成功的恐怕要数《角落里的老人》。此书作者奥希兹女男爵被誉为"20世纪第一位备受欢迎的作家"，其代表作《角落里的老人》中收录的短篇故事堪称短篇侦探小说的写作范本，对后世的推理作家影响颇深。

本书的主人公是一位神秘的"角落里的老人"。尽管不参与现场调查，但这位老人仅凭逻辑推理就能破案。这一人物类型即我们所说的"安乐椅神探"。谈及神探，读者们难免会联想到福尔摩斯，而本书故事的背景也正是在二十世纪初的英国，与福尔摩斯所处的时代大致重合。喜欢推理小说的读者们也许已经注意到了，这是推理小说的黄金时期，这一时期的推理小说对犯罪心理的描写较少，笔墨着重于犯罪手法和案件侦破过程。作者之所以创造不参加案情现场侦破的"安乐椅神探"形象，就是要尽量还原案件现场的真实情况，增强读者的代入感，这对作者的写作功力是一大考验，同时也是作者这部短篇集大获成功的关键。在老人与记者波莉你来我往的谈话中，作者单刀直入，直陈案情，略去了几乎所有的中间环节，只保留了"案情——推理——真相"这一主线，将"推理"放在了小说中绝对核心的地位。"安乐椅神探模式"虽然有很多经典作品，但真正具有历史意义的非常罕见，这在很大程度上也是这类模式的弱点造成的。一是侦探之外的角色被弱化到极致，二是过于强调侦探的主观分析，三是因为侦探不参与调查，都依靠获取的二手材料进行推理，所以侦探的行为范围很小，缺乏场景的切换，可以说这种写作手法稍有偏差，就会让作品显得牵强空洞。而《角落里的老人》堪称是"安乐椅神探模式"最高水平的代表。之所以这样说，是因为作者巧妙地将侦探的推理与案件的发展分开，让两者既有联系却又互无交集。也正是由此开始，这一类侦探才有了不调查、不告知警方的理由，心安理得地纸上谈兵，同时又不用考虑其他的事情。

在阅读的过程中，读者确实会发现老人破解的案子其实都会有别的可能性，因为在他的推理中，其中一环扣不上的话，案子可能就会演变出另一种结局。当然，他也没有将自己的结论告诉警察，警察无法验证老人的推理是否和真实情况一样，读者也就没有办法得知这是否就是"真相"了。所以，最后是否相信老人的结论，全在读者的判断，他讲得有条有理，推理的过程也十分有趣，但真相很可能并非如此，在看完他对案情分析的一家之言后，作者最终还是把案件的结论留给了读者去判断。

可以说，不论在当时还是现在，奥西兹女男爵的《角落里的老人》在推理小说史上都是一本特殊的推理小说，散发着自己独特的魅力。

吴奕俊　唐　婷
2014 年 6 月于暨南大学